吉原面番所手控

戸田義長

朝日文庫

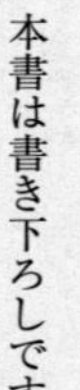

本書は書き下ろしです。

目次

吉原面番所手控

序章

呼び掛けには何の応(いら)えも返ってこなかった。わずかな音も立てぬよう、新兵衛(しんべえ)は障子をそっと横に滑らせた。

廊下から中を覗(のぞ)き込むと、部屋の中央に一人の男が臥(ふ)せっている。ぐっすりと眠りこんでいる様子だ。

さてどうしたものかと迷っていると、来訪者の気配に気づいたのか男が不意に目を開けた。

「木島(きじま)様、お目覚めになられましたか」

新兵衛は木島平九郎(へいくろう)の枕元に歩み寄ると、膝を折った。

「おお新兵衛か、よう来てくれたな」

そう言って木島は身を起こしかけたが、途端に激しく咳(せ)き込んだ。

「大丈夫でございますか」

暫しの間新兵衛が木島の背中を擦ってやると、ようやく落ち着いた様子で一つ大きく息を吐いてから、

「かたじけない」

「碌に見舞いにも伺わず、御無沙汰して申し訳ありませんでした」

「御主も見世の始末のことで何かと多忙であろうに、わざわざ足を運んでもらって済まなんだ。殊の外遊女たちに寛容で面倒見が良く、何とも奇特な見世だと評判であったのに」

新兵衛は江戸吉原遊廓にある妓楼、相模屋の楼主である。

「すべては私の不徳の致すところです。木島様に置かれましては御機嫌麗しい御様子、いたく安堵いたしました」

「麗しいわけはなかろう。気休めは言わずともよい」

大儀そうに身を蒲団に横たえながら、木島は苦笑を浮かべた。

「見てのとおり、もう棺に片足を突っ込んでいるような有様だ。果たして後いかほどの時が残されていることか」

「お戯れを。木島様らしくもない弱気を仰いますな」

木島は遠くを見やるような目つきになって、

「初めて御主と会ったのはいつだったかの。相模屋とは先々代からの付き合いだ、確かようやく生まれた跡取り息子の髪置きだからと見世をあげて盛大に祝った時だったから、かれこれ四十年近く前になろうか」

「何分幼年でしたから旧事についてはしかとは覚えておりませんが、以後今日まで木島様には御世話になり通しでした」

「それはこちらの台詞だ。わしの方こそ御主ら楼主たちには礼を言わねばならぬ。御主らの協力なくば、甚だ長きに亘った面番所での役務を大過なく終えることはできなんだ」

吉原遊廓の唯一の出入り口である大門を潜ると、すぐ左側に瓦屋根で格子造の建物がある。面番所と呼ばれる町奉行所の出先機関で、隠密廻り同心が常駐して日々遊廓内の治安維持に当たっていた。つい先日病を理由として致仕するまで、木島は四十年余りもの間面番所に勤仕し続けていたのである。

「手を焼かされた事件もいくつかあったが、みな無事に落着した――丸屋の富蔵殺しはいささか難渋したものの、あれは戸田惣左衛門の受け持ちだったからな――わしも心置きなく冥途へ旅立てるというものだ。

それにしてもいやに蒸し暑い。少々風に当たりたいな」

「お体に障(さわ)るのではありませんか」

「いや、少しなら大事あるまい。おーい、品(しな)。ちょっと来てくれぬか」

廊下に向かって木島が呼ばわると、さして大声でもないのに﨟長(ろうた)けた女性が直ちに姿を見せた。優雅な所作で新兵衛に湯呑(ゆのみ)と茶菓を差し出して、

「お久しぶりでございます」

と、艶然と微笑(ほほえ)みながら頭を下げた。

木島の指図に従ってお品が縁側の障子を開けた途端、中庭から涼やかな夕風が吹き込んできた。

「ああ、心地良い風だ」

そう嘆声を上げると、木島は目を細めて中庭に植わっている花木を眺めた。

「夕顔(ゆうがお)の花が咲いておるな、もうそんな季節か。目に染みるような白さだ。済まなかったな品、もう下がってよいぞ」

会釈して去っていくお品の後ろ姿を新兵衛は見送りながら、

「御内儀はかつふつお変わりありませんな。昔日と変わらぬ美しさです」

「仕事柄さすがに口が上手いの。当人に向かって言うでないぞ、女子(おなご)はすぐに付

け上がるものだからな」

「木島様はたいそう熱心に御内儀を口説かれたと仄聞いたしました」

「たわけ。やむなくわしが嫁に貰ってやったのだ」

「花魁のうちから密かに唾を付けていたのではないかと、専らの噂でしたが」

「御主までさような人聞きの悪いことを申すか。まったく埒もない」

木島は唇を尖らせた。

「初音は、いや品は身請けはしてもらえなかったものの、鳥屋に就くこともなく無事年季明けを迎えられた。ところが、言い交した情夫はいない。故あって実家は頼れない。遣手婆になって桔梗屋に残るのも真っ平御免。唯一人同僚の柏木という花魁のみが頼みの綱だったが、その柏木が亡くなってしまい、天下に行き場所を失ってしまったから、わしが救いの手を差し伸べてやったのだ」

「根も葉もない陰口だったわけですね」

「ああ、さようだ。それなのに、木島もあんな鬼瓦のような面をして見かけによらず手が早いなどと、口さがない楽屋雀どもがあれこれと――

おお、そうだ。夕顔で思い出したぞ」

そこで木島はにわかに瞳を輝かせて、

「心残りが一つだけなくもない。ほれ、ちょうど品を嫁に迎えて二、三月のことだったから御主がまだ六つか七つの頃だったろう、相模屋で心中があったではないか。

夕顔という名の御職を張る花魁がおった。入山形に二つ星の、それは見目好く艶麗な女子であったことを覚えておる。その夕顔が居続けをしていた客と白昼出し抜けに自室で心中を仕出かしたのだ」

「はて、そんなことがございましたでしょうか」

新兵衛は眉を曇らせた。

「御主はまだ幼かったから、何も覚えておらぬかな。あれは心中であったと公には片が付いておる。だがわしは腹の底から得心したわけではなく、ふとした拍子にあの一件が胸に浮かぶことが今でもあるくらいなのだ」

「申し訳ございません。まったく失念しておりまして……」

新兵衛は目を伏せると、幾度か首を横に振った。なぜ木島がこの話を口に上せたのだろうかと、新兵衛は胸奥で訝った。

だが、木島は新兵衛の困惑など意に介さぬように、

「うむ、実はかような具合だったのだ」

と、突として事件を回想し始めた。

「あれは玄猪の幾日か前、十月始めのことだった。夕七つ（午後四時頃）を少々過ぎた頃おいだったろうか、相模屋からの男衆が血相を変えて面番所に駆け込んできた。その口上を聞いたわしは耳を疑ったが、ともかくも押っ取り刀で相模屋に急いだ。

二階へと階段を駆け上がって夕顔の部屋に飛び込むと、禿が二人抱き合って身を戦かせている。禿の一人が手をぶるぶると震わせながら奥の部屋を指差した。そこに足を踏み入れると、途端に凄まじい血の臭いが鼻を突いた。赤黒い染みが広がった蒲団の上に、男と女の骸が折り重なっていたのだ」

「その女が夕顔だったのですね。男は誰だったのですか」

「仁吉という食詰め者だ」

そこで木島は八の字を寄せて、

「だが奇妙なことに、仁吉は夕顔の間夫ではなかったようなのだ」

「間夫ではない？　それなのに二人は心中したのですか」

「仰向けに横たわった仁吉の顔には驚愕と苦悶の表情が貼りつき、左の脇腹の辺りが赤く染まっていた。その骸の上に夕顔が俯せに重なっている。夕顔の喉からも大量の血が溢れ、血塗れの包丁が夕顔の右手に握られていた。どう見ても心中、それも夕顔の方から仕掛けた無理心中としか思えぬ状況だった」

「隣の部屋にいた禿は何と言っていたのですか」

「うむ、さくらとはるのという名の二人の禿は、始めは激しく泣きじゃくってろくに喋れもしなかった。さんざ宥めすかしたり叱りつけたりしてどうにかこうにか口を開かすことができたのだが、半刻（約一時間）もかかってようやく聞き出した事の次第は次のようなものだった」

――その日昼九つ半（午後一時頃）から夕顔は、はるのたち二人の禿を伴にして揚屋町にある大和屋に向かった。江戸でも指折りの琴の師匠が月に一度吉原にやってきて、各妓楼から集まった花魁たちに合同の稽古を付けていたのだ。

昼八つ半（午後三時頃）、夕顔たちは相模屋に戻ってきた。仁吉は三日ほど前から居続けをしていたのだが、一行が大和屋に出かける時には二日酔いで頭が痛いと言って寝込んでいた。

夕顔は蒲団の敷いてある奥の部屋の襖を開けながら、

「ご気分はいかがでありんすか」

と、声を掛けた。ところが次の刹那、

「そこにいなさい！」

振り返りもせぬまま、夕顔は鋭い声でさくらたちに命じた。そして、部屋の中に素早く身を滑り込ませると、襖をぴしゃりと閉めてしまった。さくらたちは困惑して顔を見合わせたが、花魁の言い付けに逆らえば手厳しく叱責されることになるから、素直にその場から動かなかった。

そのためさくらたちは中の光景を丸切り見られなかったのだが、夕顔が誰かと交わしている会話は襖越しに時折漏れ聞こえてくる。

「身揚り（みあが）なんか続けてたら……」

「一生吉原で生きていくより……」

二人の声は囁く（ささや）ように小さいものだったので、夕顔の話し相手が誰かは判然としなかった。もっともその時点では、それが仁吉であることをはるのたちは当然ながら疑いもしなかった。

それからいかほどたった頃だろうか、

「わっちも今すぐ泉下（せんか）に参りんす」

不意に夕顔が声を張り上げるのが聞こえた。そして、それに続いてすぐさま、

「うっ！」

とうめき声がして、その後は水を打ったように静まり返ってしまった。不審に思ったさくらがおずおずと、

「花魁、いかがなさいましたか？」

しかし、何の応えも返ってこない。夕顔の言い付けを破ることにはなるが、どうにも不吉な予感がする。そこでやむなく恐る恐る襖を開けてみると、変わり果てた夕顔と仁吉の骸が横たわっていたのだった。

面番所は次のような理由から、夕顔の手による無理心中に相違ないという結論を早々に出した。

部屋の中には仁吉と夕顔の二人しかいなかった。仁吉と夕顔の遺体に付いていた傷痕は、夕顔の手に握られていた包丁の形状と一致した。さらには「わっちも今すぐ泉下に参りんす」という夕顔の言葉。無理心中を図った夕顔が仁吉をまず刺し殺し、続いて自分の喉を突いて自死したのだ。疑問を差しはさむ余地など微塵もないように思われた。

仁吉との前途に皆目希望が持てないことも、この見方を裏づけていた。仁吉が居続けしていた掛かりは、実のところ夕顔の身揚りによるものだった。情夫に会いたい一心から夕顔はそうしていたのだろうが、客に代わって揚代を自分で負担

していては借金が増えるばかり。この時二十五の夕顔はあと二年余りで年季が明けるはずだったが、そんなことをしていては年季が延びて吉原を抜け出すのがどんどん遅れてしまう。

　かと言って仁吉はしがない石屋（いしや）の権助（ごんすけ）で、それも二月前に馘（くび）になって食上げという体たらくだった。だから、身請けのための大枚など用意できるわけもない。あの世で添い遂げるしかもう道はないと悲観した夕顔が、やむなく心中に及んだのだ――

「だが、わしはこの見解にはいっかな首肯できなかった」

　幾分掠（かす）れてはいたものの、木島の声には病人とは思えぬほどの力強さが漲（みなぎ）っている。

「というのも、心中だとしたら平仄（ひょうそく）が合わぬことばかりだからだ。

　まず、昼日中に突然すぐ隣に禿が控えている自室で心中をしたということ。心中は余計な邪魔が入らぬよう、普通はもっと夜が更けてから、それも確実に二人きりになれる状況でするものではなかろうか。加うるに、もしも心中を予定していたのなら、その直前にのんびりと琴の稽古に出向くなど不自然極まりない」

「相模屋に戻ってきた後、何らかの理由で唐突に心中を決意したのでは」

「うむ、そう考えれば確かに一応の筋は通る。その場合、心中は仁吉としばらく何事か話した後のことだったのだから、その会話が原因ということになる。

切れ切れに聞こえた言葉から推測すると、両名の間で向後について口論が起き、身請けを切望する夕顔に対してそんな金があるわけがないと仁吉が開き直った。頭に血が上った夕顔が、我にもあらず仁吉を刺したのだ。

ありえぬ話ではない。しかし、はるのがした証言の中には聞き捨てにするわけにはいかぬ点が二つあった」

「その二点とは？」

「まず、夕顔の話し相手は仁吉ではなかったらしい点。くぐもっていたので明瞭ではなかったが、仁吉ほど太くて低い声ではなかったとはるのは言うのだ。

そしてもう一つは、夕顔は仁吉にさほど好意を抱いていなかった、少なくとも情夫と呼べるほどの存在ではなかったという点。事実詳しく調べてみると、今回の居続け以前に仁吉が登楼したことは数えるほどしかなかった。馴染(なじみ)とは言い難いそんな男を、果たして心中の相手に選ぶであろうか」

「……なるほど」

「だからわしは、こう推断した。これは心中などではない。部屋の中にはもう一人誰かがいたのではないか。そやつが二人を心中に見せかけて殺害したのではないか、とな。だが、上役や同僚たちは次のように主張してわしの意見を一笑に付した。

もし心中でないなら、なぜ夕顔が『わっちも今すぐ泉下に参りんす』と言ったのか説明がつかないではないか。また、仁吉が情夫でなかったのなら、なぜ夕顔は身揚りをしてまで仁吉に居続けさせていたのか。

さらには、万が一下手人が存在するとして、そやつはいかにして現場から逃げおおせたのか。廊下には遣手や楼丁が何人かいたが、そちら側の出口から逃げ出して来た者など一切目撃されてはいなかった。残るは窓しかないが、窓には遊女の逃亡を防ぐために連子が嵌まっている。連子の間隔は六寸（約十八センチメートル）ほどしかないから、手妻遣いでもなければ通り抜けることなどできようはずがない」

「真に御尤もな所見で、疑問の余地はないかと――」

「わしは沈黙せざるをえなかったが、しかし上役たちもどうにも説明がつけられぬ点がまだ残っていた。夕顔が凶器の包丁をどうやって手に入れたのかということだ。

包丁は相模屋の厨房から持ち出されたもので、その日の昼にはまだ厨房にあったことは確認が取れていた。琴の稽古に出かけていた夕顔が手に入れる機会はなかったはずだ。また御職の花魁が厨房に足を運ぶことなど普段は皆式ないから、夕顔が顔を出そうものなら目立ちすぎて気づかれぬわけがない」

「禿の誰かに包丁を盗み出すよう密かに命じておいたのでは」

「そうかもしれぬ。だがそうだとすると、稽古に行く前から心中を予定していたことになり、心中はやにわに決意されたものという先ほどの想定と矛盾してしまうのだ。

そうそう、あの日は御主も訊問したのだったな」

「えっ……そんなことがございましたでしょうか」

「覚えておらぬのか。小腹が空いたと言って、昼八つ（午後二時頃）に御主が厨房をうろついていたと耳にしたものでな。御主が関わっているとは掻い暮れ思わなかったが、一応話を聞いておかねばならぬと考えたのだ」

「――ああ、今思い出しました。そう言えばそうでございましたね」

「御主の部屋を訪ねると、足を挫いたせいで横になってうんうんと苦し気に唸っているところだった。

『またやられたのか』

そう問い掛けても、御主はそっぽを向いて黙っていた。見ると、鼻や額にはできたばかりの擦り傷がある。その頃御主は、いつも生傷が絶えないような有様だったな」

「今の無様な太り肉からは想像が難しいことでしょうが、当時の私は育ちが遅かったために体軀が相当に小さい方でした。おまけに蒲柳の質と言うのでしょうか、眩暈がしたり風邪を引いたりして寝込んでいることも多く、近所の悪童どもから揶揄や虐めの標的にされていたのです」

「念のため御主の足を調べさせてもらったが、右の足首がひどく腫れあがっており、これでは満足に歩くこともできまいと思われた。ずっと自室で寝ていたと御主が言ったので、これ以上の詮議は無用と考えたわしは早々に退出したのだったが――」

そこで再び木島はひどく咳き込んだ。

「大丈夫でございますか」

「いかんな、いささか調子に乗りすぎたようだ。いや、大事ない。ちょっと痰がからんだだけだ」

「どうぞもうお休みなさいませ」

新兵衛の勧めに従うように木島は目を閉じたが、

「では、今宵はこれにて――」

と言って新兵衛がそそくさと腰を上げようとすると、眦を決して新兵衛を凝視しながら、

「実はな、長年に亘って夕顔には随分と世話になったのだ」

「世話、と仰いますと？」

「先ほど手掛けた事件はすべて落着させることができたと言ったが、そのうちのいくつかは夕顔の知恵を借りたものだった」

「真ですか」

「正直に言えば、知恵を借りたどころか実際に謎を解いたのは夕顔だったのだ」

「そうだったのですか。初耳です、驚きました」

「このことは二人の間だけの秘事にして、今まで誰にも語ったことはなかったのだが」

爛々と煌めく眼で木島は新兵衛を見据えた。

「今日はこの後何ぞ予定はあるか」

「いえ、特にございませんが」

「夕顔は既にこの世の者ではない。もしわしが口を噤んだまま黄泉へと向かえば、真実が永遠に埋もれてしまう。夕顔の事績がいかなるものだったのか御主に伝えたいのだが、暫く付き合ってもらえるか」

「是非にお伺いしたいとは存じますが……あまり長く喋ると養生に差し支えますから、後日になさった方が――」

「構わぬ。寿命が些少短くなるかもしれんが、今さらどうでもよい」

少時木島は中庭の夕顔の花を見つめていたが、白湯を一口飲んで喉を湿らせてからおもむろに語り始めた。

「どうしたわけかあの頃は、残っているはずの下手人の足跡が雪の上に残されていないとか、内側から心張棒が支ってあったので現場の部屋が密閉されていたとか、そんな奇妙な事件ばかりが続いてな。夕顔はいずれも難なく解き明かしてくれたのだが、そのうちの五つばかりを語ることにしよう。

初めて夕顔の手を借りたのはあれがまだ禿の時分だったから、かれこれ四十年も前のことになろうか。まだ一の酉だと言うのに大層冷え込んで、初雪が降った夜のことであった……」

一の控　薄雪

夕七つを告げる浅草寺の鐘を耳にして、木島は午後の見廻りをすべく面番所を出た。

（何とも冷えることよ……）

昨日は季節外れの暖かさだったが、今日はどんよりと厚い雲に覆われた雪催いで、木島は両の掌を擦り合わせながら底冷えする廓内を足早に進んだ。面番所には木島ら隠密廻り同心と配下の岡っ引たちが合わせて七、八名常駐しているが、羅生門河岸の切見世で起きた大きな喧嘩騒ぎに人手を取られ、定刻よりかなり遅れて木島一人で巡回を始めたのだった。

京町一丁目の木戸門を潜った時、通りの真ん中に人集りができているのが目に入った。男たちが前方の何かを指差しながら、声高に騒めいている。

全体何事かと駆け寄り人波を分けて進むと、大きな桶が道の真ん中に逆さに伏せてあった。桶には窓のような八寸（約二十四センチメートル）四方くらいの穴が開いていて、そこから髷を切られてざんばら髪になった男が悄然と打ち萎れた顔を覗かせている。

（桶伏か。随分と久方ぶりに見たな）

妓楼で遊興したあげくに掛かりを支払えない遊客は、見せしめのため往来に伏せた桶に閉じ込められて晒し者にされた。この見世による私刑のことを桶伏と呼ぶ。そうしておいて客が家族などに使いを出して金を持ってこさせるのを待つのである。かつては頻繁に行われていたものの、今は見世の楼丁が付馬をするか、あるいは始末屋に取り立てを任せるのが通例だから、近年ではほぼ廃れてしまった仕来りだった。付馬とは不足した代金を回収するため客の家まで同行すること。また始末屋は代金回収を専門とする業者のことである。

桶の側面に桔梗の紋が描かれているので、大見世（惣籬）の桔梗屋の仕業に違いない。数多の青楼が櫛比する吉原でも最高級の格式を誇る大見世は十軒ほどしか存在せず、遊女の揚代は最低でも二分（一両の半分。一両を十万円とすると五万円）もするから、桶伏にされた男は分不相応な遊び方をして足を出してしまったのだろう。

（この前見かけたのはいつだったかな）

木島は記憶を手繰った。おそらくは四、五年以上も前だったろうか。その時は桔梗屋の所為ではなかったが、同じくここ京町一丁目の路上で行われていたような気がする。

その時苦々しげな表情で桶伏を見つめる一人の武士が、木島の目に留まった。額に横一文字についた大きな傷に見覚えがある。

（はて、誰であったか）

木島は首を捻って名を思い出そうと努めたが、そうしている間にその武士は〈相模屋〉という看板が掲げられた妓楼の方に歩み始めた。両腕が丸太のように太く、肩の筋肉が大きく盛り上がっている。余程の剣の腕前と思われるが、右足が悪いらしく引き摺るようにして歩を進めていた。

夜見世が始まるにはまだ時刻が早いので張見世には一人の遊女の姿もないが、お目当ての敵娼を既に決めているのか、武士は躊躇う素振りもなく真っすぐに相模屋の入り口に向かって行く。

「旦那！」

入り口脇にある妓夫台に座った牛太郎の定次が、近づいて来た武士に威勢の良い声を掛けた。

「飛切りの妓が選り取り見取りですよ」

武士は定次に何事かを短く告げたが、定次は首を横に振って、

「明石ですか。生憎と昨晩から居続けの方がいらっしゃいまして。他にもいい妓はたくさんおりますから、今宵は別の——」

「いや、明石以外は金輪際お断りだ」

そう撥ねつけるように言うと、武士はさっさと暖簾を潜って楼内に入っていった。

*

「なぜあの男を登楼させたんだい！」

煙管を灰吹きに叩きつけながら、内儀のおひさは内所中に響き渡るような癇立った大声を上げた。

「申し訳ありません」

首を竦めた定次が消え入りそうな声で答える。

「まあまあ、そういきり立つなよ」

楼主の彦蔵が取り成すように、

「定次は六年前はまだここに勤めていなかったんだから、あの時の行く立てを知らなくても仕方ないじゃないか」

おひさは忌々し気に唇を嚙んで、

「なぜ半左衛門は明石を指名したんだろう」

「居続けの客がいて今夜は無理だからと、別の花魁を勧めたんですが」

「松風の代わりに明石に悪さを働こうと何か仕組んでいるんじゃないだろうね」

松風は木綿問屋の隠居に落籍され、四年前に相模屋を後にしている。かつて明石は松風の妹女郎だった。彦蔵は首を捻りながら、

「まさか。明石はあの一件に何の関わりもないじゃないか」

——あの一件とは、六年前に件の武士、白井半左衛門が桶伏に処せられた騒動のことである。半左衛門は古河藩士で、藩主の参勤に随行して二日前に初めて江戸にやって来たばかりだった。

江戸藩邸で勤務する各藩士には、三つの勤務形態があった。藩主の江戸参勤に同道するが到着後直ちに帰国する者が〈立帰り〉、藩主とともに江戸に滞在した後藩主に同行して帰国するのが〈江戸詰〉、江戸藩邸に常住する者が〈定府〉で

ある。

半左衛門は立帰りなので、すぐ翌日には帰国しなければならない。折角だから話の種にと、音に聞く吉原へと足を運ぶことにした。高直(こうじき)な大見世は避けて相模屋に登楼し松風と一夜を共にしたのだが、翌朝帰る段になって料足を支払えないと言い出した。

財布を忘れてきただけだと半左衛門は弁明し、今からすぐに藩邸に取りに行くから待ってもらいたいと申し出たのだが、松風は丸切り信じようとはしなかった。その十日ほど前にも同様の言い訳をした別の藩の浅葱裏(あさぎうら)をうっかり信用してしまい、危うく揚代を踏み倒されそうになったばかりだったからだ。浅葱裏とは、着物の裏地に浅葱木綿を多く用いたことから、江戸勤番に出て来た野暮な田舎侍を嘲(あざけ)って呼んだ語である。

「信じられんせん」

松風は半左衛門の袖を摑(つか)んで放さない。半左衛門は松風を振り切ろうと腕を強く引いたが、その拍子に松風はもんどり打って倒れてしまった。途端に二人を取り囲んでいた楼丁たちが、

「何しやがる!」

と叫びながら、半左衛門に飛び掛かった。

吉原では帯刀したまま登楼することは許されず、両刀を内所に預けなければならない。丸腰の半左衛門は多勢に無勢、たちまち床に押さえつけられてしまった。

「無礼者！」

そう叫びながら半左衛門は手足をばたつかせたが、たまさか拳が甚六という若い者の鼻にまともに当たってしまった。若い者とは妓楼で働く男の奉公人の総称で、年齢に関係なくそう呼ばれた。

鼻血を零した甚六はたちまち激昂して、

「やっちまえ！」

寄ってたかって殴る蹴るの乱暴狼藉となった挙句に、

「この凸助め、こうなりゃ桶伏だ」

今日の桔梗屋の例と同様、半左衛門は桶の中に放置されることとなった。甚六らは半左衛門を浅葱裏と侮ってまるで手加減をしなかったので、半左衛門は右足に大きな怪我を負ってしまっていた。けれども何らの手当も施さなかったため、翌日同僚が金を持参してようやく解放された時には半左衛門の怪我は最早回復不能な状態にまで悪化していたのだった。

「まあ、ちっとばかりやり過ぎだったかもしれないけど、結句身から出た錆なんだからね」

おひさは鼻の穴から盛大に煙を吐き出しながら、

「もしやうちらのことを逆恨みして、意趣返しにやって来たのかもしれないよ。細見を見て松風がもうここにはいないことがわかったから、あの時松風の妹女郎だった明石を代わりに狙っているのかもしれない」

細見とは、遊女、妓楼、茶屋などを網羅した吉原遊廓の案内書だ。今や御職となった明石の名は、細見で相模屋の遊女の筆頭に掲げられている。

「六年も前のことだぞ、御武家様がそんなにいつまでも女々しく宿怨を引き摺ったりはしないんじゃや――」

「いいや、あの陰に籠った面構えを見てごらんよ。いかにもずっとうじうじ根に持ちそうな様子じゃないか。いったんは国に戻ったけど、きっとまた江戸に出て来たのを機に恨みを晴らそうと企んでるに違いないよ」

彦蔵の楽観を一蹴したおひさは定次に煙管を突きつけて、

「で、もちろん明石を半左衛門の敵娼に出したりはしてないんだろうね」

「はい、廻し部屋に押し込んで、代わりに若菜を宛がっておきました」

若菜は明石の妹女郎の振袖新造である。振袖新造とは禿上がりで、まだ花魁には栄進していない年若い遊女を指す。

「明石に相手をさせないと、後が面倒になるんじゃないか」

躊躇いがちに彦蔵が口を挟んだが、おひさは事も無げに、

「ふん、お預けを食わせておけばいいさ」

花魁に指名がかち合った時、馴染でない方の客は妹女郎の振袖新造に任せてしまうことがしばしばあった。と言っても客がその名代の振袖新造に手を出すことは厳禁で、揚代を出したのに指を咥えて我慢しなければならない習わしである。

そう話している傍から、青菜に塩の態で若菜が内所にやって来た。

「半左衛門はどんな調子だい？」

おひさが問うと、若菜は涙目で、

「『すぐさま明石を寄越せ。お前なんぞに用はない、とっとと失せろ』と大層な剣幕で怒鳴りつけられました」

吉原の遊女は、語尾が〈でありんす〉で終わるありんす言葉を喋ることで知られる。地方出身の遊女の訛りを誤魔化すための便法だが、会話の相手が客でなければ敢えてありんす言葉を使うことはない。

「明石姉さんが来るまでここを梃子でも動かない、夜が明けようとも断じて帰らないと息巻いていました」

「廻し部屋の前の廊下に逆さ箒を立てておきな」

迷惑な長居客を退散させるまじないである。おひさは憎々しげに唇を噛みながら、

「それでも帰らないなら構わないさ。揚代は耳を揃えてきっちり払ってもらうからね」

お預けを食らって男の情欲を満たせなかったにもかかわらず、客は花魁と同衾した場合と同額を払わなければならない。何とも理不尽な仕来りであるが、ここで不満を言うと無粋、野暮天と蔑まれる羽目になるのだ。

「だが、半左衛門の身なりは何とも下直だし、台の物一つ頼むわけでもない。懐の方は相当寂しそうだぞ」

台の物とは、台屋と呼ばれる仕出し屋から取り寄せた料理のことだ。

「だったら、もう一度桶に入ってもらうだけさ。何を目論んでいるのか知らないけど、そうは問屋が卸さないよ」

その時出し抜けに内所の入り口から、

「おい、張見世が明るすぎるんじゃないか」

と、声が掛かった。鶴のように痩せた小柄な老人が立っている。先代の五兵衛だった。眉根を寄せながら険のある物言いで、

「行灯の油はもっと節約しろと、あれほど口を酸っぱくして言ったはずだ」

「重々承知しておりますが」

彦蔵が満面に愛想笑いを浮かべながら、

「あまり暗くいたしますと、遊女たちの見栄えが悪くなります。客足が遠のいてしまい、かえって逆効果かと」

「ふん」

五兵衛は鼻を鳴らすと、

「まあ仕方なかろう。だが、倹約第一を常に忘れるなよ。『何時迄もあると思うな親と金』だ」

そう言い捨てて、風呂場の方に向かった。

「五兵衛じゃなくて幸兵衛に改名したほうがいいんじゃないかねえ。小言幸兵衛の幸兵衛に」

おひさが唇を歪めながら、

「もう隠居したんだから、あれこれと口出ししないでほしいね。今すぐいなくなってくれても一向に構わないんだけど」

「まあ、そう尖るな。親父(おやじ)の愚痴や注文も少しは聞いてやらないと」

彦蔵がおずおずとした口調で、

「親父も暇を持て余しているから、つい見世のことが気になるんだろう」

「だったら釣りなり芝居見物なりに出かけりゃいいのに、吝ん坊(けちんぼう)なのは相変わらず。道楽らしいことと言えば、年に一度の大山詣(おおやまもうで)以外には貸本屋から借りた草双紙を読むぐらい。離れに移ってくれたからまだいいようなものの、あの人と顔を合わせるといっそ気が滅入って仕方がない」

舅(しゅうと)に対するおひさの悪口雑言は止めどなく続いたが、彦蔵はただ弱々しい笑みを浮かべるばかりだった。

＊

翌朝、明け六つ半(午前七時頃)。

中庭に出た下女のおしげは、意想外の寒さに思わず身震いをした。うっすらとではあるものの、中庭一面が雪で真っ白に覆われている。おしげは気づかなかったが、昨晩束の間雪が降ったようだ。

盆を手にしたおしげは、雪で足を滑らせぬよう慎重に歩を進めた。盆の上には隠居の五兵衛の朝食が載っている。

五兵衛が楼主の座を彦蔵に譲って隠居したのは、今から半年前のことだった。彦蔵は五兵衛のために隠居部屋を母屋に用意しようとしたが、手狭で使い勝手が悪いと五兵衛が難色を示し、中庭にある蔵を改造して隠居所としたのである。口やかましい五兵衛と顔を合わせねばならぬ機会が減ったのでとりわけおひさなどは喜色満面だったが、おかげでおしげは日に三度も五兵衛に食事を届けなければならなくなった。

五兵衛の朝食は必ず粥と香の物と決まっているのだが、粥が冷めていると五兵衛は途端に不機嫌になって口汚く罵られるのが常である。おしげは能う限り早足で母屋と蔵を結ぶ石畳の道を進んだ。石畳の上には五兵衛が付けたと思しき蔵に向かう一組の足跡のみが残されている。

（あれ……？）

おしげは小首を傾げた。入り口の戸が開け放しになっている。多少の暑さ寒さは物ともせず、医師嫌い、薬嫌いの頑健な五兵衛ではあるが、この冷え込みで戸を閉めないでいてはさすがに体に障るのではなかろうか。

「お早うございます。今朝のお目覚めはいかが――」

離れに足を踏み入れながらそう挨拶をしかけた途中で、床の上に横たわる奇妙な物がおしげの目に留まった。転瞬の後、それが何であるか気づいたおしげは、

「きゃーっ！」

と悲鳴を上げて、盆を取り落とした。

「た、大変です！　御隠居様が！」

裏返った声で叫びながら、おしげは一散に母屋へと駆け戻った。

＊

（何とも寒々しい部屋だな……）

木島は渋面を作りながら、薄ら寒さが身に染みるような現場をぐるりと見渡した。寒々しく感じるのは、何も降雪のせいばかりではなかった。

広さは三十畳ほどで、蔵を改築して居室としたらしく全体で大きな一間となっている。出入り口は東側に一か所のみ、その脇から二階へと続く階段が伸びている。窓は母屋に面した東側と、南北に一つずつ。中央には囲炉裏（いろり）が切られ、西側

の壁沿いには箪笥や長持が二つ三つ申し訳程度に置かれていた。家具や調度品に乏しいため全体ががらんどうという趣で、飾り気がなく何とも質素——それどころか寂寞という印象すら受ける。

床の間には深山の風景を描いた掛け軸が下がっていた。しかし、絵心に乏しい木島ですら著名な絵師の手によるものではなかろうと推察できる稚拙な筆遣いで、裂地や風帯も間に合わせに表装したような安物である。二尺（約六十センチメートル）近くもある白磁の花瓶が掛け軸の前に置かれていたが、一本の花も活けられてはいなかった。いかにも握り屋の五兵衛らしいと、木島は苦笑せざるを得なかった。

部屋の中で唯一の装飾品と呼べそうなのは、西側の壁に掛けられている五尺（約一・五メートル）くらいの大きな木刀くらいだろうか。大山詣の大太刀である。相模国の大山や江ノ島は箱根の関所の手前にあるので、手軽に行ける行楽地として江戸の人々の人気を博していた。大山詣では「大願成就」と墨書された木の大太刀を担いで参詣して石尊社に納め、別の太刀と交換して帰るという風習がある。太刀の前に置かれた箪笥の上には、これも大山土産として知られる大山独楽がいくつも並んでいた。直径が四寸（約十二センチメートル）ほどもあるがっしりして頑丈そうな物から、一寸（約三センチメートル）にも満たない小さな物まで様々な種類が揃っている。

見世の名が示すとおり五兵衛は相模出身だったはずだから、古からの霊山である大山を篤く信仰していたのだろう。五兵衛は隠居してからすっかり出不精らしいが、大山詣だけは毎年欠かさなかったようだ。

他に目につく物と言えば、長火鉢の猫板の上に置かれていたいくつかの冊子くらいである。ぱらぱらとめくってみたが、春画などではなく、別段どうと言う内容でもない数冊の草双紙だった。

（いかほど倹約したところで黄泉の国では役立つまいに……いや、三途の川の渡し賃には難儀せずに済んだか）

木島は足元に目をやった。目を見開き、口を半開きにしたまま身動きもせぬ老人が仰向けに横たわっている。先代の楼主、五兵衛だ。五兵衛の後頭部は床柱にもたれるような格好になっており、さほど多い量ではないものの床柱に血がこびりついている。

「五兵衛が転倒した際たまたま頭が床柱にぶつかり、運悪く命を落とした――つまり、単なる事故ということは考えられませんか?」

五兵衛の死体の傍らに屈(かが)みこんでいる白髪の慈姑頭(くわいあたま)の男に尋ねた。医師の松軒(しょうけん)である。松軒は廓内の揚屋町に住まっており、土地柄変死体の取扱いには習熟しているので、面番所が扱うことになった事件の検死をしばしば依頼していた。

「それはないだろうな」

松軒は五兵衛の頭を持ち上げると、後頭部を手で触りながら、

「転んで打ちつけたにしては傷が深すぎる。おそらく相当強い力で突き飛ばされたに違いない」

「死んだのがいつ頃かわかりますか？」

松軒は死体のあちらこちらを触ってから、

「これだけ硬くなっていると……そうだな、今朝はかなり冷え込んでいたことも考え合わせると、夜五つ（午後八時頃）から暁九つ（午前零時頃）の間だろう」

法医学が未発達の江戸時代でも、死後硬直がどれくらいの速度で進行するか程度の知見であれば検死に活用されていた。

「もう少し絞れませんか」

「やれやれ、無体な注文だな……ほとんど当てずっぽうだが、夜四つ（午後十時頃）を挟んだ半刻の間といったところかな」

「夜四つですか。雪が降り始めたのが五つくらい、止（や）んだのは五つ半（午後九時頃）ほどでしたね」

木島は東側の窓を開けて、一面雪に覆われている中庭を眺めた。雪の深さは一寸程度とごく浅いものだったが、気温が低いため雪はそっくり解け残っていた。

（解せぬ）

木島は白く輝く雪面を見つめて、眉を顰（ひそ）めた。この離れと母屋とは七間（約十二・七メートル）ほど離れているのだが、いかなる訳か握り飯が二つ雪上に転がっている。何とも場違いであるが、木島が訝しんだのはそのことではなかった。握り飯はおそらく五兵衛の朝食で、五兵衛の死体を発見して狼狽（ろうばい）した女中のおしげが落としたものだろう。

問題なのは、雪面に付けられた大きさや形の異なる五種の足跡である。

第一の足跡は形状から考えて男物の草履（ぞうり）で付けられたものと思われ、しかも母屋から離れにやってくる一方向のみしかない。母屋に向かう足跡がないとなれば、この足跡の持ち主は離れに戻ってきたきり母屋に行くことのなかった人物、すなわち今、木島の目の前で物言わず横たわっている五兵衛だろう。

第二の足跡は雪に刻まれた歯の跡からしてかなり細身の下駄、つまりは女物の下駄で付けられたものと考えられる。すなわちおしげの足跡に違いなく、これは往復のものが残されていた。母屋に向かう方が足跡の間隔が広くなっているのは、急を告げようと走ったためだろう。

第三の足跡は男物の草履で付けられたものだ。往復分が残されていて、いずれも前後の間隔が広くなっている。知らせを受けた楼主の彦蔵が駆けつけ、遺体を見つけた後、慌てふためいて馳せ戻った時の足跡だろう。

木島が松軒とともにこの離れを訪れるため中庭を渡る前、雪面に付けられていた足跡はこの三つのみだった。つまり、第四と第五の足跡は木島と松軒のもので、他の足跡を荒らさぬよう大きく迂回して残されている。

(何故だ……)

圧し口を作りながら、木島は腕組みした。何故離れから立ち去る下手人の足跡が残っていないのか。

夜四つと松軒が推定した五兵衛の死亡の時刻には、当然誤差があり得る。だが離れに戻って来た時の五兵衛の足跡が降雪で消されていない以上、五兵衛が風呂から上がってここに帰った時刻は雪が止んだ五つ半以降であり、したがって殺害されたのもそれ以降ということは間違いない。

下手人がやって来た時の足跡がない理由は、容易に説明がつく。雪が降り出す前あるいは降っている最中に離れに潜り込み、五兵衛が帰ってくるのを待ち受けていたのだろう。問題はここから逃げた時だ。

既に雪は止んでいたのだから、出て行く時に足跡を残さずに済むはずがない。実のところ松軒の見立てが誤っており、五兵衛が死んだのはもっと前、まだ雪が降っている時のことだったという可能性はないだろうか。

（十二分にあり得る話だ）

松軒は決して藪(やぶ)医者ではないが、それが医術の限界とすれば致し方なかろう。そうであるならば、下手人の帰りの足跡がないことに何らの不思議もない。しかしその場合は、五兵衛が離れに帰って来た時の足跡も雪に埋もれてしまっているのでなければ平仄が合わなくなってしまう。

それとも、実は真夜中にもう一度雪が降っており――ほんの短時間かつ誰もが就寝中だったため降雪には気づかなかったのだ――そのために下手人の足跡が消されてしまったのかもしれない。考えられぬ話ではないが、これも五兵衛の足跡が残っていることとは矛盾する。

「五兵衛は自死したのでは？」

木島はさんざ首を捻った後、松軒に問うた。

「頭が床柱にぶつかるように、思い切り後方に飛び跳ねたというのはいかがでしょうか」

松軒は苦笑しながら、

「そんなやり方では精々瘤を作る程度が関の山だな」

仏頂面になった木島は、

「検死を続けてください」

と言い置いて、足跡を詳しく調べるべく戸口に向かった。中庭に出る前に、三和土に脱ぎ捨てられている草履を拾い上げた。五兵衛は男性としては小柄な体格なので、草履は八文半（約二十センチメートル）といったところだろうか、女性並みの大きさである。

草履を一方向のみに付けられた足跡と照合してみると、ぴたりと一致した。やはりこれが五兵衛の足跡で間違いないようだ。

雪の量が少なかったためだろう、足跡の部分の雪は完全に解け、道に敷かれている石畳が露出している。そこに何らかの細工を施す余地がないだろうか。

腕組みをしながら、木島は顎を撫でた。

例えば、この草履を履いて後ろ向きに歩き、足跡が五兵衛のものと重なるようにして母屋に戻ったらどうだろう。そのやり方だと二人分の体重がかかるから、雪が積もっている場合には、一人分にしては足跡が深くなりすぎて絡繰りが露見する恐れがある。しかし、下が石畳であればその懸念はない。草履まで一緒に母屋に移動してしまうことになるが、後で離れに戻ってきた時に何食わぬ顔でそっと返しておけばよい。例えばおしげや彦蔵には、誰にも目撃されることなくそれが可能だったはずだ。

（そうだ、それに相違ない）

我にもなく木島は声を上げそうになった。しかし足跡をとっくりと観察してみると、直ちに興奮は醒めてしまった。

二度に亘って歩いたような形跡がまるで見当たらないのだ。七間もの距離があれば、寸分違わずすべての足跡を重ねるのは不可能だろう。ところが、ずれのために奇妙な形になったり、実際以上に大きくなってしまったりといった不自然な点が悉皆ないのだ。

だが、待てよ。木島は思い直した。そもそも五兵衛の草履を履く必要はないのではないか。裸足になり、足跡がはみ出さないように留意すればよいだけだ。ただしその場合、下手人は小柄な五兵衛よりさらに足の小さい者、すなわちおそらくは子供ということになってしまうが。

廓にいる子供と言えば、禿しかいない。禿とは花魁に仕えて見習いをする十から十五くらいまでの少女を指す。花魁の身の回りの世話をしながら吉原でのしきたりを学び、遊女としての躾を受けるのである。

だが年端も行かぬ禿が隠居の五兵衛を殺める理由など、果たしてあるだろうか。何か無駄遣いを見咎められて五兵衛に手ひどく折檻されたというようなことがあったとしても、殺害を決意するほどまでに恨みを募らせたとは考えづらい。また、いかに小兵とは言え五兵衛は大の男である、禿が突き飛ばして死に至らしめることが可能だろうか。

見込み外れだったかと唇を嚙んだ時、木島はふと思いついて草履を手にして屋内に戻った。松軒に断ってから、草履を五兵衛の死体の足に履かせてみる。ぴたりと当てはまる大きさだった。草履に付けられた足指の窪みまで完全に一致している。

（駄目か……）

実のところこれは誰か別人の草履で、下手人は五兵衛のものとすり替えて三和土に置いておくことにより、足跡を誤魔化す何らかの仕掛けを案出したのではないか。木島はそう考えたのだが、どうやらこれも見当違いだったようだ。木島は舌打ちすると、再び中庭に出た。これら五組以外の足跡が残されていないか確かめようと思ったのだ。

細心の注意を払って雪面を観察しつつ、木島は離れのぐるりを一周した。けれども下手人はおろか、犬猫の足跡一つすらない。美しく平らに均されたままの雪面は、日の光を受けて眩しく輝いていた。八の字を深く寄せつつ、木島は離れに戻った。

よもや下手人は、未だ逃走せずに——

木島は刀の鯉口を切りながら、まだ捜索していない二階へと続く階段を登り始めた。下手人は離れから出ておらず、今もこの中に身を潜めているとしか考えられない。だが、一階にはそのような場所は掻い暮れない。元々が蔵だったので、納戸や押し入れの類が一切設けられていないのだ。となれば、下手人が逃げ込めた場所はただ一つしかないのは自明の理である。

しかし階段を登るにつれ、木島は大きな失望を覚えざるを得なかった。五兵衛は二階を物置にでもしていたのか、住居としてはまったく使用していなかったらしい。階段には埃(ほこり)が厚く積もり、中庭の雪面と同様に何らの跡も残されていなかったのだ。下手人がここを通っていないことは歴然としている。

失望の大息を吐きながら、木島は階下に戻った。

「不審な点は特段見当たらないな」

木島の顔を見た松軒が、腰を上げて帰り支度を始めた。

「骸はもう遺族に引き渡しても良いぞ」

「はい、ありがとうございました」

足跡の件はとりあえず後回しにするしかない。楼主夫婦らを尋問すべく、木島も離れを後にすることにした。

＊

木島は相模屋の客間を臨時の取り調べ場に充てることにした。客間の造作や調度品は、離れと同様、妓楼のそれとは思えぬほどいたく質素なものだった。木島は五兵衛の吝嗇(りんしょく)ぶりに苦笑を禁じえなかったが、その一方で、

(だからこそ一代でこれだけの見世を築き上げられたのだろうな)

と、感心もしないわけにはいかなかった。

相模屋は吉原の妓楼としては新参者である。五兵衛は元々、深川の岡場所で隠売女を抱える料理茶屋を営んでいた。

江戸幕府公認の遊廓である吉原は町奉行所の支配下に置かれ、そこに勤める遊女は公娼だ。それに対し岡場所は幕府非公認もしくは黙認の遊里を指し、遊女は私娼である。吉原より安価で手軽に遊べることから岡場所は人気を博し、深川、根津、赤坂など江戸市中に数十か所も存在した。経営が圧迫された吉原の楼主たちは岡場所の取締りを上訴し、幕府もそれに応じて警動と呼ばれる抜打ちの手入れを幾度となく行ったが、岡場所を根絶することは容易ではなかった。

そして天保の改革の際、幕府は遂に各地の岡場所を《速に残らず取り払》うよう命じる厳しい町触れを発出した。それまでも岡場所で検挙した私娼を奴女郎として吉原に送り込むという強硬な措置をとっていたが、この時は遂に見世ごと吉原へ移転することを強制したのだ。

五兵衛もそうした犠牲者の一人であり、縁もゆかりもない吉原で相模屋を開業することを余儀なくされた。だが生来反骨心の強い五兵衛は、そこで決して挫けはしなかった。

五兵衛は寝食を忘れたように昼夜働き続け、また爪に火を点すようにして倹約を心がけた。五兵衛のいかなる労も厭わぬ努力の甲斐あって、相模屋はたちまち小見世（惣半籬）から中見世（半籬）へと昇格した。

そして今や大見世と遜色のないほどの規模や売上げを誇るまでに躍進しているのだが、伝統と格式を重んじる旧来の楼主たちから相模屋は成上がりと軽んじられていた。中見世に留められたままであることに相模屋は不満を募らせ、平素大見世への格上げを画策していると専らの噂である。

「——何か詰まってるんじゃないかって？　そんなこと知るもんか！」

その時、廊下から女のがなり立てる声が響いてきた。

「見世中が臭っちまうから、とっとと汲み取って帰れって連中に言っとくれ！」

（おひさか。相変わらずだな）

と、木島は苦笑した。おひさの剛腹な気性はつとに吉原中で有名である。彦蔵はよくぞ旦夕我慢していられるものだと、木島は妙な所で感心した。

障子がしずしずと開いて、彦蔵とおひさが入って来た。

「お待たせいたしまして恐縮でございます。下掃除の連中と少々揉めまして」

平伏しながら彦蔵が詫びを述べた。おひさも先ほどまでの剣幕はどこへやら、神妙な面持ちで脇に控えている。

江戸に住まう百万人の旺盛な食欲を満たすため、江戸近郊の農村では野菜が盛んに栽培されていた。安定した生産には良質の肥料が不可欠だが、その原料となったのが江戸の住民の糞尿（ふんにょう）である。

糞尿は町家、武家屋敷、公衆便所など各所から広く集められたが、中でも高級品として珍重されたのが吉原から集められたそれであった。下肥（しもごえ）の品質は人が口にした食物に左右されるが、この一大遊廓では日々膨大な量の馳走（ちそう）が消費され続けているからだ。そのため毎朝下掃除人が各妓楼にやって来て、便所の汲み取りを行ったのである。

「そちらの悶着が片付いたのであれば、早速詮議を始めるぞ」

「はい、結構でございます。このたびはお手数をお掛けいたしまして、真に申し訳ございません」

「一通りの調べは終わった。もう遺体は引き取っても構わぬから、葬儀の仕度を始めるがよい」

「ありがたき御配慮、真に痛み入ります」

そこで彦蔵が木島の顔色を窺（うかが）うように、

「ところで御吟味の前に一点お伺いしたいことが……そもそもの死因でございま

すが、病死や事故とは考えられませんでしょうか」

殺人となれば甚だ外聞が悪いし、客足にも響きかねない。自然死として収めたいのは楼主とすれば当然の願いかもしれないが、

「いや、ありえんな。あれは殺しに相違ない」

と、木島はあっさり否定した。

「さようでございますか」

彦蔵は肩を落としたものの、なおも諦めきれぬように、

「けれども仄聞いたしましたところでは、下手人が逃亡した際の足跡がどこにも見当たらないとか」

痛い所を突かれた木島は瞬時言葉に詰まったが、

「さして支障となるような問題ではない。吟味に関してあれこれと差し出がましい口を利くな」

「失礼いたしました」

狼狽の色を浮かべて彦蔵は頭を下げながら、

「ですが、その……もしや物の怪(もののけ)や幽霊の仕業ではないかとも存じまして」

「物の怪だと？　なぜさような戯言(ざれごと)を申すのだ」

彦蔵は声を潜めるようにして、

「実は妙な話を耳にいたしまして——人魂を見た者がいるのです」

昨晩登楼した酒問屋の番頭が、小用を足しに厠（かわや）に行った帰りに何とはなしに二階の廊下の窓から中庭を見た。すると、離れの方角から何やら白い光が近づいてきた。

地上三尺（約九十センチメートル）くらいの高さにあって、左右にゆらゆらと揺れながらこちらに向かってくる。月が出ておらず、妓楼の窓から漏れるかすかな明かりで照らされていただけなので何とも判然としないが、あれは人魂だったのではないかとその番頭は唇を震わせながら語ったと言う。

「それはいつ頃のことだ」

「夜四つ頃と申しますから、まさに父が亡くなった頃おいでございます」

「まったく埒もない。大方酔っ払って夢と現（うつつ）の区別もつかなくなっていたのだろう」

木島は声を荒らげて彦蔵を叱咤（しった）した。

「たわけめ。二度とさような寝言を申すでないぞ！」

「申し訳ございません」

彦蔵は平蜘蛛（ひらぐも）のようになって詫びを述べた。

「詰まらぬことで時間を食った。本題に入るぞ──昨夜の五兵衛の行動がいかなるものであったか述べてみよ」

「夕食後離れで寛（くつろ）いでいたようですが、夜五つ過ぎくらいにこの母屋に来て風呂に入りました」

江戸では火事を起こすことを恐れてほとんどの家屋に内湯は設けられておらず、よほどの大家であっても銭湯を利用するのが一般である。だがさすがに吉原の妓楼ともなれば、低級な河岸見世を除いて商売柄いずこも風呂を備えていた。

「五兵衛が離れに戻っていったのは」

「夜五つ半過ぎでございました」

夜五つ半と言えばまさに雪が止んだ時刻であるから、五兵衛が離れに向かった時の足跡が残っていたことと符合する。また、五兵衛が死んだのは夜四つ前後だったという松軒の見立てが正しかったことの裏付けともなる。

「離れには外側から掛けられる錠が見当たらなかったが」

「はい、蔵として用いていた時には当然錠が付いておりましたが、開け閉めがいちいち不便だからと改造した時に外してしまいました」

すると五兵衛がこちらに来ている間に、誰でも自由に上がり込むことができたわけだ。やはり下手人はまだ雪が降っている間か降る前に離れに忍び込み、それゆえ離れに向かう足跡は雪上に残らなかったのだろう。

「最近の五兵衛の暮らしぶりはいかがであったか。此度の一件に繋がるような揉め事は何か起こさなかったか」

「元々人付き合いはさほど良い方ではございませんでしたが、年に一度の大山詣を除けば、隠居後は外出することも滅多になくなりました。日がな一日離れに籠って一人で草双紙を読みふけるばかりといった有様でしたから、そうしたいざこざは起きようもありません」

「何処にも他出しなければ金は使わずに済むというわけか。五兵衛の吝嗇ぶりにも磨きが掛かっていたようだな」

そこで木島は炯々と光る眼をやにわに彦蔵に向けて、

「となれば、最も怪しいのは御主ら夫婦だな」

「えっ、何を仰いますか」

「人付き合いが丸切りないのであれば、家の外の誰かから恨みを買うことはありえまい。五兵衛が隠居となっても見世のことにいちいち嘴を挟んでくるので、御主らが五兵衛をひどく煙たがっていると風の便りで聞いたぞ」

「それは根も葉もない流言でございます」

「果たしてそうかな。では、御主らは夜五つから夜四つ頃までどこにおった」

彦蔵とおひさは顔を見合わせたが、やがて彦蔵が咳ばらいを一つしてから、

「二人とも内所にいてずっと帳付けをしておりました」

「では見世の奉公人のうち——いや、客の誰かでもよい、その時分に一人きりでいた者はおらぬか」

「はてさて、何しろその時刻は誰もが天手古舞(てんてこまい)ですから、そこまではいちいちわかりかねます」

「下手人はその間誰の注意を惹くこともなく、自由に行動できた者なのだ」

「そう仰られましても、なかなか……あっ！」

「どうした、心当たりがあるのか」

「もしや下手人はあの男では」

「誰か心当たりがあるのか？」

「白井半左衛門様でございます」

「誰だ、そ奴(やつ)は」

「土井大炊頭様の御家来ですが、以前に少々因縁がございまして」

彦蔵は勢い込んで六年前の一件を語った。

「ところが何の前触れもなく、昨夕白井様が突然押しかけて参りました。明石の代わりに出た若菜を早々に追い返してしまいましたから、朝まで廻し部屋に一人でいたはずです」

「白井はまだ帰ってはおらぬであろうな」

「もちろんでございます。御指示に従い、昨晩登楼したお客様は皆お残りいただいております」

「古河藩の勤番か」

木島は八の字を寄せた。吉原の廓内で起きる様々な事件や騒動はすべて、面番所に詰めている木島ら隠密廻り同心が一手に引き受けている。ただしあくまで所属は町奉行所であるため、本来のところは他藩の武士に対して吟味を行う権能を木島は有していない。

「粗略に扱うわけにもいかんから、いささか難儀だな」

その時廊下から、

「失礼いたします」

と声が掛かって、襖が一尺（約三十センチメートル）ほど開いた。おしげが茶を運んできたのだった。廊下に坐したまま湯呑の載った盆を差し入れると、すぐにおしげが立ち去ろうとしたので、

「待て、ここに直れ」

木島が命じると、おしげはおずおずと歩み入って彦蔵夫婦の後方に座った。年の頃は十七、八だろうか、なかなかの尤物である。彦蔵の遠縁に当たり、両国で軽業師を務めていた両親が流行り病により相次いで亡くなったので、彦蔵が引き取ったのだと以前耳にした記憶がある。内向きの下女として働いているが、遊女として見世に出ても御職を張れそうなほどの美貌の持ち主だ。

「五兵衛の遺体を見つけた時の様子は先ほど聞いたが、一つ訊き漏らしたことがある。御主は大声で叫びながら駆け戻ってきたのだったな」

「はい、たいそう慌てておりましたから」

「さすれば見世中が蜂の巣をつついたような騒ぎとなったはずだ」

「仰るとおりでございます」

「だが、その後離れに向かったのは彦蔵だけだ。見世の他の者が大勢押し寄せてもおかしくなかったであろうに」

木島は彦蔵にはたと目を据えて、

「いささか奇異であろう。おかげで雪面が荒らされず、五兵衛やおしげの足跡が消えてしまわずに済んだので詮議には好都合であったが。よもや現場に何か密かに始末したい物があって、自分一人で抜駆けしたのではあるまいな」

「滅相もないことでございます。戸口から覗いて父の遺体を確認しただけで、中に足は一歩も踏み入れておりません」

彦蔵は強く首を横に振って、

「確かに若い者たちが離れに向かうのを押し止めはしましたが……それは、その、ある禿がそうした方がよいと申しましたので」

「禿が？」

「はい。みすずという禿です」

「みすず、とな」

聞き覚えのない名だった。木島は十年の長きに亘って面番所に勤め続けているが、花魁ならともかく、さすがにすべての禿の面体まで把握しているわけではない。

「おしげから知らせを聞いて皆が一斉に離れに向かおうとしたのですが、みすずが行く手に立ちはだかって『足跡は重要な手証になるかもしれません。御亭様お一人で行かれるべきです』と足止めしたのです」

「ふむ」

禿であればせいぜい十五だろう。その年齢でそこまで頭が回るとは一体——木島は顎を擦って考え込んだ。

まあよい。禿には珍しくない、いやに機転の利くこましゃくれた手合いというだけの話だろう。木島はみすずのことをすぐに念頭から消して、

「わかった。御主らはもう下がってよい。白井をここに呼んでくれ」

と、彦蔵に命じた。

＊

程なくして顰めっ面の白井半左衛門が姿を見せた。袴を着けない気軽な着流し姿で、吉原では粋人を装うためにそうする武士も少なくない。もっとも半左衛門の場合は、足が不自由なため袴を着けると歩きにくいという理由だろうが。

「ご迷惑をお掛けして申し訳ございません」

まずは下手に出ることにした木島は、そう丁重に詫びを述べた。

「いい気味だ。せいせいしたよ」

開口一番半左衛門は、快哉を上げるように言った。

「何ですと？」

「貴殿は耳が遠いのか。五兵衛がくたばってせいせいしたと申したのだ」

半左衛門は唇を歪めて、奇怪な笑みを浮かべた。

「六年前の仔細は既に存じておろう。あの時奉公人どもの不届きな所業を五兵衛は止めようともしなかった。いや、それどころかあの時『桶伏にしてでも必ず揚代を分捕れ』と松風をけしかけたのは五兵衛だったのだ。まさしく天罰が下ったのであろうよ」

木島を睨め付ける半左衛門の目は、暗く異様な輝きを宿している。

「昨晩夜五つから夜四つ頃までどちらにいらっしゃいましたか」

「いくら待っても目当ての明石がちっとも来ぬ。廻し部屋で不貞寝をしておったら、とうとう夜が明けてしもうたわ」

「その間誰かと顔を合わせましたか」

「いいや。見世を挙げてわしを尻目に懸けようとしたらしく、花魁はもとより若い者の一人も姿を見せなかったからな」

「五兵衛の死には関わりがないと仰るのですね」

「当然だ。無礼者め」

「そもそもなぜ相模屋に登楼なされたのですか。それだけの因縁があるなら、二度と足を向けまいと考えるのが当然と思われますが」

「今回江戸詰になり、初めて江戸暮らしをすることになった。江戸に名所は数々あれど、筆頭は何と言っても吉原だ。久方ぶりに訪ねてみようと思い立ったのだが、恥ずかしながらこのところ少々手元不如意でな。半籬で我慢することにしたのだが、中でもこの見世が最も安価だからそうせざるを得なかったのだ」

我にもなく木島は眉を顰めた。腑に落ちる応えでは到底ない。けれどもそう主張されれば、古河藩の武士を牢問にかけるわけにもいかないから、これ以上追及の手立てがない。

するとその時半左衛門が癇立った口吻で、

「昨夜は夕飯を食い損ねてしまったので、腹が減って敵わぬ。吉原は妓楼ばかりで、まともな飯屋などなかろう。浅草にでも行かせてもらうぞ」

「いえいえ、揚屋町には寿司屋や蕎麦屋がいくらでもございます」

吉原遊廓は縦が京間百三十五間（約二百六十六メートル）、横が京間百八十間

（約三百五十五メートル）の方形をしており、総坪数は二万七百六十七坪。ぐるりを忍返し付きの黒板塀と、幅二間（約三・六メートル）の鉄漿溝と呼ばれる堀で囲まれ、周りには吉原田圃が広がっている。出入り口は大門唯一つしかない。

この周囲と隔絶された空間の中で暮らしていたのは、実は遊女たちばかりではない。妓楼以外の商家や裏長屋も存在して一般の商人、職人らが居住しており、合わせれば人口は約一万人にも上った。

とりわけ揚屋町には妓楼が一軒もなく、八百屋、魚屋、酒屋などの商店が軒を並べて江戸市中同様の町並みが広がっている。吉原の住人は廓内に居ながらにして生活すべてを賄うことが可能であり、言わば吉原遊廓のみで独立した一つの町を形成していたのである。

「ですから廓外に行かれる必要は更々ございません」

半左衛門は食事を口実に大門から出て、藩邸に逃げ込むつもりなのではないか。そうなれば町奉行所は一切の手出しができなくなってしまうと危惧した木島は、先手を打って釘を刺した。

「えっ、さようか」

いかにも当てが外れたと言わんばかりに、半左衛門は顔を顰めた。半左衛門は六年前は立帰りで、今回初めて江戸詰となった。古河でしか暮らしたことがないので、吉原や江戸の実状には疎いのだろう。

「では、早速に出掛けるとしよう」

渋々ながらと言った素振りで半左衛門は席を立ったが、去り際に吐き捨てるような口調で、

「もう嫌疑は晴れたであろう。いつまでもここに足止めされねばならぬ筋合いはないはずだ」

「はい、相模屋に留まっていただかなくとも構いません。廓内であれば、どの見世や宿屋に移っていただいても宜しいですよ。後ろ暗いことがないなら、御協力いただけますな」

涼しい顔で木島がそう答えると、半左衛門は苦虫を嚙み潰したような色になり、

「ちっ！」

と大きく舌を鳴らすと、足音荒く廊下に退出した。

程なくしてとりあえず他の奉公人に対する吟味も一通り終え、木島はいったん面番所に戻ることにした。

内所の脇の廊下を通った時、木島は台所の方へと向かう一人の禿とすれ違った。

「あれが先ほど話に出たみすずでございます」

木島を先導している彦蔵が説明した。自分の名が聞こえたのか、みすずがこちらを振り返った。木島の姿を認めると、ぺこりと頭を下げた。

なるほどいかにも利発そうな面差しである。だがそれ以上に、木島を見つめる瞳の奥深くに宿った不可思議な光が強く印象に残った。冷徹というわけではないが、この世のすべてを見透かすような――その年齢で既に達観し切ったように澄み渡った、いや諦観と言うべきだろうか――

そんな埒もない思いに木島が囚われたその時、突然みすずが上半身を折り曲げて廊下に手をついた。そして両足を勢いよく振り上げ、逆立ちをした。

小袖の裾がめくれて頭の方にずれ落ちたため、両の白い太腿が露わになっている。あわや股の付け根の部分まで見えてしまいそうだ。

木島は唖然として言葉を失った。目を剝いたままその場に立ち尽くしていると、

「いかがなさいましたか」

と、先を歩いていた彦蔵が引き返してきた。その声が聞こえたらしく、みすずは素早く足を下ろして立ち上がった。

そして何事もなかったかのような素知らぬ顔になって、身を翻すと廊下の奥へ

と姿を消してしまった。

＊

相模屋を出た木島は、仲ノ町を通って面番所に向かった。仲ノ町と言っても町の名称ではなく、吉原の中央を貫く大通りのことである。

たった今目撃したみすずの奇態は一体何だったのか、もしや廓勤めの辛さに気が触れてしまったのだろうかなどと木島は道々首を捻っていたが、角町に差し掛かったところで、

（そうか、なるほどそう伝えたかったのか）

と、みすずの真意にやにわに思い当たった。

（ありえぬ話ではないな。そうすれば確かに……いや、やはりありえぬ。掌の方が足跡より大きいからはみ出してしまうではないか。所詮童子の浅知恵だな）

木島が首を横に振ったその時、

「木島様」

出し抜けに背後から声を掛けられた。振り向くと、おしげが息を切らして木島を追い掛けてきていた。

「何用だ」

「先ほどは御亭様たちがそばにいたので伝えられなかったのですが……」

そう言ったきり、おしげはもじもじと躊躇うように俯いて、口を噤んでいる。

「よし、わかった。わしについてこい」

相模屋の近辺では話しづらい類のことなのだろう。そう察した木島は、おしげを面番所へと誘った。

「ここなら誰の目を気にせずともよい」

木島は猫撫で声でおしげを中に招き入れると、

「さあ、腹蔵なく申してみよ」

「あの……ええと」

なおもおしげは躊躇する素振りを見せていたが、やがて思い切ったように、

「御亭様と御内儀さんは昨晩ずっと一緒にいたって仰いませんでしたか？」

「ああ、そう言っていたが、それがどうした」

「御内儀さんはずっと内所で一人きりだったんです。ちょうど御隠居様が亡くなられた頃おいに」

「ほう」

「確かに初めは二人揃って帳付けをなさっていました。でも、空蟬花魁の馴染の近藤様が——この方はあまり酒癖が良くないんですけど——御亭様とさしで飲みたいから呼んで来いって言い出したんです」

「なるほど。すると彦蔵はその間空蟬の部屋に行っていて、実のところ内所にはおらなかったのだな」

「はい、なのに二人でずっと一緒にいたって……」

「偽りを述べた、と。それで御内儀が怪しいというわけか。よくぞ教えてくれた。だがしかし」

そこで木島はぎろりと目をむいておしげを睨めつけ、

「いやしくも主を訴えるとはよくよくの覚悟のことであろうな」

たちまちおしげの面は蠟のように白くなった。しかし、そこで木島は一転して柔和な笑みを浮かべると、

「そこまで申すからには、他にも何か存じていることがあるのであろう。御主が喋ったとは誰にも漏らさぬ。心配は無用だ」

「はい」

おしげはこくりと頷いてから意を決したように、

「御亭様と御内儀さんはすごく……いえ、あんまり仲が良くないんです」

そのことについては木島も仄聞していた。先ほど客間に入ってくる前にも下掃除人の件で怒声を上げていたが、おひさの鼻っ柱の強さには彦蔵は辟易(へきえき)しているらしい。

「耳寄りな話だな。仔細を聞かせてもらおう」

おひさは十九で彦蔵に嫁いできたが、二人の間にはなかなか子ができなかった。自分の興した相模屋が――その時点ではまだ深川の料理茶屋だったが――絶えてしまうのではないかと五兵衛は気を揉み、おひさを咎めるような心ない言葉を投げつけることもしばしばであった。

嫁いできてから十年後ようやく子を授かり、新兵衛と名づけられた。相模屋中が一方ならぬ歓喜に沸いたが、それが失望へと変わるまでにさほどの時間は要さなかった。新兵衛は満足に産声を上げることもできぬほど虚弱で、生後一月余りも生死の境を彷徨(さまよ)い続けたのである。

辛うじて新兵衛は命を取り留めたものの、季節の変わり目には必ずと言っていいほど寝込んでしまうなど、長じても蒲柳の質は変わらなかった。体は小さく痩せ細り、医師の処方した薬が手放せなかった。

「何とも先が思いやられる」

医師要らず、薬要らずの五兵衛は、苦虫を噛み潰したような顔で吐き捨てた。その時点でおひさの年齢は三十を超えていた。もう一人の男子を望むのは難しいだろうし、産めたところでまたぞろひ弱という可能性も十分にある。

「いっそのことおひさに新兵衛ともども出て行ってもらい、後添えを迎えてはどうか」

五兵衛は幾度もそう彦蔵に提案した。さすがに乱暴すぎて世間体が悪いと彦蔵は難色を示したものの、その実内心では満更でもないと考えているようだった。

「なるほどなあ。それでは五兵衛とおひさの折合いが悪くなるのもむべなるかなだ」

木島は深く頷いた後さりげない口調で、

「その後添えを誰にするか話は進んでいたのか」

「さあ……信濃屋（しなのや）のおさきさんはどうだろうってご隠居様が仰っていたことがあります」

「信濃屋と言うと、角町にある引手茶屋だな」

引手茶屋とは妓楼への案内を請け負う茶屋のことで、遊客を遊女屋へ送り迎えしたり、酒宴をさせたりした。相模屋のような中見世では客が直接登楼する〈直きづけ〉が可能であるが、大見世ともなると必ずこの引手茶屋を通さねばならぬ仕来りであった。

「おさきさんは二年前に千住宿の脇本陣に嫁ぎましたが、姑さんと折合いが悪くて、昨年実家に戻られたんです」

信濃屋は名代の茶屋だ。相模屋のような中見世にとって信濃屋と縁戚になることは格式の向上という点で大きな利益があり、大見世への昇格の足掛かりとなり得る。

しかし、そこでおしげは不満そうに口を尖らせて、

「おさきさんならもってこいだってご隠居様は仰ってましたけど、あんまりいい噂は聞きません。大酒飲みだとか芝居道楽だとか」

「なるほどなあ。実に為になるが、それにしても微に入り細を穿った内輪の話までよく存じておるな」

狼狽したようにおしげは目を泳がせて、

「それは――みんなが噂しているので自然と耳に入って来ただけで……」

「さのみではなかろう。そう、例えば御主は彦蔵に粉をかけられたことがあるの

ではないか」

おしげは息を呑んで、石のように固まった。単に当て推量で鎌を掛けただけだったのだが、どうやら図星だったようだ。

「悪いようにはせん、有体に申してみよ」

口を噤んだままおしげは俯いていたが、やがて意を決したように顔を上げて、

「どうせ後添えをもらうなら、おさきさんのような大年増の出戻りよりもあたしの方がいいって、御亭様は言ってくれました」

「それは男なら誰とて、御主のような年若の美姫の方が良いに決まっておる。それで、御主は何と答えたのだ？」

おしげははにかんで顔に紅葉を散らしながら、

「どうせただ揶揄われてるだけに決まってますから……もちろん、あんな立派な見世の内儀になれたらって思いますけど……だから『嬉しいです』って答えました」

おしげの答えにいたく満足した木島は莞爾として微笑みながら、

「実に有益な話を聞かせてもらった。礼を言うぞ」

上機嫌の木島は、恵比須顔でおしげを外に送り出した。

＊

翌朝木島は、小者の仁八を両国へと遣わすことにした。

脱兎の如く大門を飛び出して行く仁八を見送った後、木島は呆れ顔で仲ノ町の雑踏を眺め渡した。

（よくぞ早朝からこれほどまでに……）

と木島が目を見張るほどの人で溢れかえっているのは、今日が酉の日だからである。

十一月の酉の日には、江戸各所の鷲神社において酉の市と呼ばれる祭が行われた。とりわけ吉原の目と鼻の先にある浅草の鷲神社で開かれる酉の市は江戸で最も有名で、数多の参詣客が殺到した。

その中には、酉の市に行くと称して親や女房の目を欺き、吉原遊廓を目指す男たちが多く含まれていた。ところが吉原遊廓唯一の出入り口である大門は鷲神社とは正反対の位置に設けられており、鷲神社からは大回りしなければ辿り着けないので甚だ不便である。

そこで酉の市の時だけは西河岸にある裏門を開いて、遊客が自由に通り抜けできるようにした。鷲神社へ参詣した男たちの大半がそのまま廓内へ雪崩れ込んで来るので、普段とは比較にならない混雑ぶりである。

（常になく遊女たちも晴れやかな顔をしておる）

馴染客と思しき男と連れ立って、遊女たちが軽やかな足取りで木島の眼前を通り過ぎて行く。吉原遊廓は鉄漿溝により外界と完全に隔絶されている。廓外に出ることを固く禁じられた遊女たちは、約二万坪という広大な籠の中の鳥だ。

ただし、まれに外出が許可される場合もないではなかった。その希少な機会の一つが、この酉の市である。仁義礼智忠信孝悌の八つの徳目のすべてを失った者という意味で亡八とも称される楼主たちしからぬ寛大さだが、たまには気散じさせた方が遊女たちの士気、延いては見世の収入が上がるだろうという計算尽くの温情の結果でもあった。

大門を入ってすぐ右側、面番所の真向かいには四郎兵衛会所がある。遊女の逃亡を監視し、廓外に出ようとする女が切手（通行許可証）を所持しているか検分する役割を担っていた。

そのため普段であれば会所の番人たちが、

「女は切手〳〵」

と盛んに声を張り上げているのだが、今日ばかりは手持無沙汰のようだ。遊女の他出という珍しい光景を目当てに物見高い見物客が雲霞(うんか)のごとく押し寄せ、廓内の人込みは弥増(いやま)すばかりである。

仁八が得意満面で復命したのは、まだ昼八つにもならぬうちだった。

「首尾よく行ったようだな」

「こんな木っ端仕事は屁(へ)でもありやせん」

仁八の報告を聞き終えるや否や、木島は直ちに捕手を相模屋に向かわせた。

半刻後、縄を打たれたおしげが、よろぼいながら面番所に引き立てられてきた。蒼白(そうはく)な面色のおしげは呆然(ぼうぜん)と虚空を見つめていたが、木島の姿に気づくと、

「御取り違えです！」

と、悲痛な声を上げた。

「悪あがきは止めろ。調べはすべてついておる」

冷厳な声で木島は告げた。

「御主の父は早風虎次(はやかぜとらじ)だそうだな。綱渡りの名手として知られ、両国一、いや江戸一と謳(うた)われた。しかし、五年前風邪をこじらせて死亡してしまった」

「仰るとおりですが、それが何か」

「芸人の子であれば、当然親が生業とする芸の手ほどきを受けていたはず。御主は綱渡りの技を会得しておるのだろう」

「はい、ですがほんのわずかだけです。教えを受けていたのはもっぱら跡継ぎになるはずの弟で、私はただの遊び程度でした」

「嘘を申すでない。よほどに熟達しているはずに相違あるまい。その技を用いて御主は離れから逃げ出した。すなわち離れと母屋の間に綱を張り、その上を渡ったのだ。それゆえ雪面には御主が逃げた時の足跡が残らなかった」

「私の腕前では一間（約一・八メートル）くらい渡るのが精一杯ですから、そんなに長くは無理――」

「言い逃れは無用だ。証左もある。事件当夜、中庭の宙に浮いていたという人魂だ。あれは白い足袋だったのだ。知ってのとおり、遊女が足袋を履くことは皆式ない」

吉原の遊女は冬であっても足袋を履かないことが慣習となっており、常に裸足である。

「だが御主は遊女ではないから、当然足袋を履いていた。酔客は綱を渡る御主の白い足袋を、宙に浮いて動く人魂と見間違えたのだ」

「私には御隠居様を害する理由なんかありません！」

「いや、ある。立派過ぎるほどの理由がな。五兵衛はおひさを離縁して信濃屋のおさきを後添えに迎えようと考えていた。だが御主は彦蔵の甘言を真に受けて──まあ、彦蔵も半ばは本気だったのかもしれぬが──おひさの後釜を狙っていた。

御主は一石二鳥の名案を思いついた。五兵衛を殺害し、その罪をおひさになすりつけることにしたのだ。だから御主はわしをわざわざ追い掛けてきて、相模屋の内情を注進に及んだ。

下手人がおひさと決まれば、義父殺しの大罪で獄門だ。邪魔者が一気に二人消えることになる。大した奸計だが、さような子供騙しに嵌まるほどわしの目は節穴ではないぞ。面番所の隠密廻りを見くびり過ぎたようだな」

「……」

唖然として言葉を失ったおしげを見て、

「何の言い訳もできぬようだな。これから御主を三四の番屋まで連れてゆく。素直に口を割らねば牢問で痛い目に遭うことになるぞ。重々覚悟しておけ。よし、引っ立てろ！」

そう手下に命じると、木島は勢いよく面番所の戸を開けた。そして昂然と胸を張って歩み出そうとしたのだが、卒然として足を止めた。木島の行く手を阻むかのように、戸口の正面に一人の禿が立っていたのだ。

「御主は……」

相模屋のみすずであった。みすずは瞬きもせず、皿眼で木島の顔を凝視している。

「全体何用だ」

蠅でも追い払うように、木島は手を振った。

「邪魔だ、どけ」

みすずは少女らしからぬ低く落ち着いた声音で、

「おしげさんは下手人ではありません」

「何だと？」

寸刻木島は呆気にとられたが、次の刹那大音声を上げてみすずをどやしつけた。

「禿風情が御用に口出しをするでない！」

「綱渡りなどできたはずがないのです」

「なぜそれを——御主は盗み聞きをしておったのか！」

満面朱を注いだ木島に対して、みすずはあくまで冷静な声色で、

「おしげさんは縄を離れのどこに結びつけたのでしょうか」

「どこに結びつけたか、だと……？」

意表を突いたみすずの問いに、少時木島は言葉に詰まったが、

「それは——柱でも何でもよかろう」

「果たしてそんなことができたでしょうか。論より証拠。実際に御覧いただきましょう」

みすずは踵（きびす）を返すと、すたすたと歩き始めた。木島は呆気に取られてみすずの後ろ姿を見送っていたが、暫し逡巡した後、みすずに付いていくことに決めた。無論、禿の譫言（うわごと）にいちいち耳を傾けねばならぬ筋合いなど更々ない。しかし、みすずの年不相応に落ち着いた物腰、自信に満ちた口吻、そして何より瞳の奥深くで輝く例の光が木島にみすずを無視させることを躊躇わせたのだ。

「御主らはいったん中に戻って、わしの帰りを待っておれ」

そう背後に控える手下たちに言い置くと、木島は急いでみすずの後を追った。

*

相模屋に着いた木島は、みすずに先導されるような形で母屋を抜けて中庭に出た。内所にいた彦蔵が何事かというように目を丸くしたが、木島の険しい色に気後れしたのか、無言で二人を見送った。

内所でずっと帳付けをしていたと彦蔵が述べたのは、単なる当座逃れの思いつきであり、他意はなかったのだろう。しかし詮議に対し出鱈目を述べていたことは怪しからぬ、次に会った時は厳責してやろうと木島は最前まで考えていた。けれども頭に血が上っている今はそれどころではなく、木島の方も彦蔵を黙殺した。

中庭に積もっていた雪はすっかり解けて、離れの出入り口に向かう石畳が日の光を受けて白く輝いている。みすずは石畳の中途で足を止めて、

「離れと母屋の間に綱を渡したとのお見立てでしたが、どこに綱を結びつけたのでしょうか」

「それは……そうさな、おそらくは柱であろうな。まず母屋の方は」

木島は縁側に立ち並ぶ柱を指差し、

「あのうちのいずれかであろうな」

「綱を結んだような跡はどこにも見えませんが」

「柱に傷が付かぬよう布でも巻いておいたのであろう」

木島はみすずの疑義を即座に却下してから、

「それから離れの方は――」

と向き直ったところで木島の動きが止まった。

「どこに綱を結びつけたのでしょうか」

みすずの改めての問いに、木島は口を噤むより他なかった。

元々は蔵だった二階建ての大きな白い壁が、立ちはだかるように聳えていた。

縁側や回廊が付属しているわけではないから、柱などはない。

もちろん出入り口の扉と窓は母屋の方に向いて開いている。しかし、居住用に改築した時に手を加えなかったのだろう、いずれも外開きかつ観音開きである点は蔵当時のままである。柱や柵、手すりの類は一切設けられていないので、綱を結びつけることなど皆目できそうにない。

「そうだ、折れ釘を使ったのではないか」

木島は壁面から突き出た折れ釘を指差した。折れ釘とは、直角に上を向いて折れ曲がった太い釘で、補修のため足場を組んだり壁の目塗りをしたりする際に利用された。

「一番下に付けられた折れ釘でも、高さが八尺（約二・四メートル）はあります。おしげさんの背丈では、あそこまで手が届いたとは丸切り思えませんが」

「ならば……おしげが離れに朝食を運んできた時、扉は開いたままだった。綱は戸口を抜けて室内のどこかに――」

「同じことです。元々蔵だったので、離れの内部には一本の柱も立っていないのです。探せば無理に結びつけられる物があったかもしれませんが――例えば箪笥ですとか――いくら女ゆえ目方が軽いとは言え、人一人を支えるにはいささか心もとないのではないでしょうか。箪笥が動いて綱が緩んだら、たちまち落下してしまいます。

　また、万一綱渡りという絡繰りを用いたことが見破られたら、そのような技を持つ者はおしげさんしかいないのですから、誰が下手人か直ちに明るみに出てしまいます。それほどの危険を冒してまで雪上に足跡を残さないようにしなければならない必要がおしげさんにあったとは思えません」

「ううむ……一理あるが、しかし――」

「第一、雪が降るかどうかなど神仏でもない限り予め（あらかじ）わかるはずがありません。

それなのにおしげさんは七間もある綱を用意して、事前に張り渡しておいたと仰るのですか」

「……」

もはや木島はぐうの音も出ない。

「雪が降ったのはあくまで偶然です。下手人は犯行を終えた後に雪が積もっていることに気づき、その時初めて足跡を残さぬよう策を講じる必要に迫られたのです」

「あれはその場の思いつきだったと言うのか。だが、なにゆえさような小細工を施さねばならなかったのだろう」

「そうしないと自分の正体が立ちどころに明らかになってしまうからです」

「足跡から下手人がわかると言うと……もしや履物か？　大きさや男物女物の違いがあるからな。いや、駄目だ。下手人が他人の物を勝手に拝借した可能性もあるから、直ちに決め手にはならない。とすれば——」

そこで木島は横手を打って、

「そうか、白井半左衛門か！　あやつは六年前の怪我が原因で足を引きずりながら歩いておる。さような足跡を雪上に印すわけにはいかなかったのだ！」

「御明察です。白井様にとっては、まったく想定外の事態だったのだと考えられます」

五兵衛に対する恨みを晴らすべく相模屋に登楼した半左衛門は居続けの先客がいるのを承知であえて明石を指名し、その代役としてやって来た若菜を早々に追い返した。そして一人で不貞寝をするように見せかけ、その実密かに離れへと向かった。

その時点ではまだ雪は降っていなかったため、当然足跡は残らない。錠は掛けられていなかったので勝手に上がり込むと、暗がりに身を潜めて五兵衛を待ち受けた。

「いきなり犯行に及んだのか、それとも六年前の一件について口論となって逆上した結果だったのかは判然としません。いずれにせよ、白井様は無腰だったので、力任せに御隠居様を突き飛ばして死に至らしめました。その鍛え上げた腕力をもってすれば、赤子の手を捻るように造作ないことでした」

ところが、あっさりと雪辱を果たして意気揚々と引き揚げようとした半左衛門は、戸口の扉を開けるや愕然となった。いつの間にか中庭に雪が積もっている。右足を引き摺らなければ歩けないので、これでは足跡の特徴から下手人は自分であると容易に推断されてしまう。

「どうにかして雪の上に足跡を残すことなく母屋に帰り着かなければなりません。白井様は必死に頭を絞りましたが、その時廻し部屋を抜け出す時に見かけた光景が脳裏に浮かびました。廊下に逆さ箒が立てかけてあったのです。それを糸口に、白井様はある一計を案じました」

「逆さ箒？　ああ、おひさが半左衛門を退散させようとしたまじないか。それが何だと言うのだ。半左衛門が用いた手口と関わりがあるとは思えぬが」

「人が移動する手立ては、足で歩いたのでなければあとは一つしかないのではないでしょうか」

「足でなければ残るは手ということになるが……」

そこで木島は、昨日のみすずの奇行を思い出した。

「なるほど、半左衛門は逆立ちして逃げたのか。逆さ箒から逆立ちを思いついたというわけだな。

しかし残念だが、それは掻い暮れ見当違いだぞ。確かに半左衛門の腕や肩は筋骨隆々だ。足が不自由であることの不利を補うために、たゆまず素振りを重ねるなどしてさぞや上半身を鍛錬したに違いない。あれほどの腕の太さであれば、母屋までの逆立ちなど朝駆けの駄賃であったろう。

目の付け所は上等だ。だがな」

木島は小鼻を蠢(うごめ)かしながら、

「小柄な五兵衛の足は相当に小さい。逆立ちする時は、体重を支えるために掌を一杯に広げねばならぬ。手の指がはみ出してしまうではないか」

木島は掌を広げてみすずの眼前に突き出した。小指と親指の先端の間は、五寸五分（約十七センチメートル）はあろうか。半左衛門の掌も同じほどの大きさであろう。一方、雪が解けてしまったので足跡はもう残ってはいないが、五兵衛の足の幅は精々三寸（約九センチメートル）程度しかなかったはずだ。

「御隠居様の足跡からははみ出すことのないように工夫をしたのです」

「それは無理だ。五本の指をぴたりと揃えたとしても、親指が横にはみ出してしまうのではないか。仮にはみ出さなかったとしても、指を閉じたままでは均衡をとるのが難しく、ろくろく力が入らないから母屋まで到達することはできぬだろう」

「仰るとおりです。そこで白井様はある道具を用いて逆立ちをしたのです」

「その道具とは一体何だ。その場の思いつきだったのであれば、さような道具を半左衛門が都合良く用意していたはずがないではないか」

「元々離れに置いてあった物を咄嗟に利用したのです。こちらにお出でください」

みすずは離れの中に歩み入り、西側の壁の方を指差した。

「あれです」

「あれ、とは……大太刀か？　逆立ちには何の役にも立ちそうもないが――」

「大太刀ではありません。独楽です」

「独楽をいかにして……そうか、半左衛門は石畳に直接手を突いたわけではなかったのか！」

木島は大小様々な独楽の中から直径三寸五分（約十一センチメートル）ほどのものを二つ両手に取ると、上から五本の指で鷲掴みにした。

「うむ、誂え向きの大きさだ。造りもしっかりしているから、故障なく半左衛門の体重を支えられたであろう。かような持ち方をしたうえで逆立ちをすれば、石畳に触れるのは心棒の先端だけで済む。当然五兵衛の足跡からはみ出してしまうことはない」

「独楽を持ち去ることになるので数が二つ減ってしまいますが、これだけたくさんあるなら誰も気には留めないでしょう」

「窮余の一策だったが、結果としてはこれ以上望めないほど奏功したわけか」

「仰るとおりです。もっとも、良いこと尽くめとまではいかず、少々不都合な事態も生じてしまいましたが。その一つが人魂です」

「人魂だと？　ああ、あの晩酔客が目撃したとかぬかしておったな。何の関係もなかろう」

「白井様は袴を穿かない着流し姿でした。そのため逆立ちした時に裾や褄下がはだけて、小袖が下方に――頭の方に垂れ下がってしまったのです」

「なるほど、半左衛門の褌か！」

剝き出しになった褌に明かりが当たって白く輝き、逆立ちで歩いたためにそれが左右に揺れた。そのため、人魂が宙に浮かんでいるように見えたのだ。

「御名答です。そして逆立ちしたことにより、白井様にはもう一つ不都合な事態が生じました。握り飯が懐から落ちてしまったのです」

「足跡の近くに落ちていた握り飯だな。あれは五兵衛の朝食用のものだったのではないのか」

「いえ、御隠居様は朝には御粥しか召し上がりません。懐都合の厳しい白井様は夕食代を節約するために台の物は注文せず、その代わりに握り飯を二つ持参しました。御隠居様の部屋で待機している間に食べるつもりでしたが、さすがに緊張で喉を通らなかったのでしょう。犯行を終えてから口にしようと後回しにすることにしました。

ところが逆立ちをした拍子に、懐にしまっておいた握り飯が落ちてしまったのです。取りに引き返すことはできない。また誰のものか記名があるわけでもないので、見つけられても致命傷にはならないはず。そう判断した白井様は、やむなく握り飯をその場に放置したまま母屋へと戻ったのです」

「だから翌朝、夕食を食い損ねて腹が減ったとぼやいていたわけか」

「白井様の頭を悩ませた見込み違いはもう一つありました。拝借した二つの独楽です。どうにか始末しなければなりませんが、これが案外の難題でした」

「なぜだ。どこぞに捨ててしまえばよいだけの話であろう」

「どこぞとはどこですか？　決して小さくはない物ですから、見世の中のどこかに捨てたり隠したりしてもいずれ発見されてしまうことでしょう。そうなればなぜ御隠居様愛蔵の独楽が離れ以外の場所にあるのか、もしや下手人が母屋に持ち帰ったのではないかと推測され、延いてはそれを用いた足跡の仕掛けが容易に見破られてしまうに違いありません」

「何か細工を施して小さくすれば――」

「木製なのですから、折ったり畳んだりはできません。刀があれば切って分割することは可能でしょうが、登楼した際に両刀を内所に預けてしまっているのでそれも無理です。

いっそのこと焼いてみてはどうか？　それも捗々しくありません。大きな独楽二つを焼くともなれば煙や臭いが些少では済まず、注意を惹いてしまうことは必定だからです。

けれど白井様は、格好の捨て場所をはたと思いつきました。独楽を厠の便器の中、つまり便槽に投げ捨てたのです」

「なるほどな。仮に見世中を虱潰しに探索することになったとしても、もしや便槽の中かもしれぬなどとは思い立ちもせぬだろう。さような場所に目を向ける者など誰一人おらぬ——いや、いる！　下掃除人だ！」

「仰るとおりです。事件の翌朝屎尿を汲み取りに来た方が、何かが詰まっていると不満を零しておられましたね。白井様が捨てた独楽は結構な大きさでしたから、取り出し口に引っ掛かってしまったのでしょう」

「下掃除の連中に見つけられてしまうかもしれぬと、白井は気づかなかったのだろうか」

「白井様は江戸で暮らした経験をふつに御持ちではないとのこと。下肥の原料とするため、吉原始め江戸の各所の厠から屎尿が集められていること自体を知らなかったのでしょう」

「おのれ白井半左衛門、よくも謀りおったな！」

木島は地団太を踏んで罵った。おしげが下手人であると決めつけたため、半左衛門が藩邸へ帰還することを認めてしまっていたのだ。

「目に物見せてくれるわ！」

そう叫びながら、木島は母屋の方に走り去った。みすずは口元を緩め、その後ろ姿を目を細めて見つめた。しかし須臾の後、その瞳は例の不可思議な光で再び覆われ、微笑みはたちまち面から拭い去られたように消えてしまった。

＊

「御主のおかげで埒を明けることができた。感謝するぞ」

木島はみすずに率直に礼を述べた。翌日の朝五つ半（午前九時頃）過ぎ、二人は九郎助稲荷の境内にいた。

泊り客と明け方に後朝の別れを済ませた遊女たちは皆、二度寝の床に就いている。同衾中の夜間には睡眠がとれないからで、朝四つ（午前十時頃）にならなければ目覚めることはない。花魁のための雑用に忙殺される禿のみすずにとって、最も自由が利く時間帯だ。

木島は密かに使いを出して、みすずを京町二丁目にある九郎助稲荷に呼びよせた。吉原の敷地の四隅にはそれぞれ稲荷神社が祀られているが、遊女たちの信仰を最も集めて賑わっているのが九郎助稲荷である。とは言え、さすがにこの時刻では木島とみすず以外に人の姿は見られない。喬木に囲まれた境内は静寂に包まれていた。

「御主の申したとおり、厠の便槽の中から大山土産の独楽が見つかった。もはや半左衛門が下手人であることに疑いはない。町奉行所の権能上わしらが直接手を下すことはできぬが、古河藩には委細を伝えた。然るべき処分を下すとのお答えだった」

そこで木島は咳払いを一つしてから、

「御主の手柄を横取りしたようで心苦しいのだが……わしに花を持たせてくれたのか」

「いえ、どうぞ気になさらないでください。私は一介の禿でございます。微力でも木島様のお役に立てたのであれば、これに勝る喜びはございません」

相好を崩しながら、みすずは朗らかに答えた。けれどもその表情や声音に籠っているはずの真情は、木島の心にはどうにも響かなかった。すぐ目の前にみすずが立っているのに、随分な距離を感じる。まるで二人の間に、目には見えぬ透明な壁が存在しているかのようだ。

「御主、年はいくつだ」

ふと木島はそう尋ねてみる気になった。

「十三でございます」

唐突な問いにも驚いた風もなく、みすずは淡々と答える。

「すると、吉原に来て三、四年というところか……故郷は何処だ」

「北国の寒村でございます」

みすずは遠くを見やるような目つきになって、

「本当に貧しい毎日でした……」

その一言だけで凡その見当がついた。水呑み百姓の親が食い詰め、口減らしのために娘のみすずを女衒に売り飛ばしたのだろう。この吉原では掃いて捨てるほどありふれた話である。

「在所での苦難を思えば、今の暮らしは夢のようでございます」

「夢のよう、か。禿の修業は厳しいものだが、少なくとも食い扶持には困らぬから存外悪くはないというわけだな」

事実女衒は『江戸に行けば、毎日白い米が食い放題だぞ』を惹句にして、身売りを渋る娘を説得すると聞く。

「いえ、違います。今は文字どおり夢の中で——言わば一炊の夢、泡沫の夢の中で生きているようなものなのです」

木島は首を傾げた。みすずが言わんとするところがわからない。これは夢に過ぎないと思い込むことで、厳しい現実から逃避しているという意味だろうか。

「いけない。もうすぐ朝四つですね」

その時急に思い出したかのように、みすずが声を上げた。

「お目覚めの時そばにいないと、花魁に叱られてしまいます。本日はこれにて失礼いたします」

みすずは頭を下げると、不意に身を翻して走り始めた。木漏れ日を浴びて白く光るその小さな背中が視界から消えてしまうまで、木島はその場にじっと佇み続けていた。

二の控　桜闇

「深雪の水揚をわしに？」

我にもなく木島は頓狂な声を上げていた。

「馬鹿も休み休み言え」

「いえいえ、とくと考え抜きましたうえで木島様にお頼み申し上げている次第で」

満面に愛想笑いを浮かべながら、彦蔵が猫撫で声を出した。

この日、木島が日課である廓内巡回の途中で相模屋に立ち寄ると、

「折り入ってお話がございます」

と、いたく深刻な面相をした彦蔵に内所へ上がるよう唐突に誘われた。またぞろ変事出来かと身構えていると、何とみすず改め深雪の水揚の相手になってもらえないかという慮外極まりない依頼だった。

水揚とは破瓜、すなわち遊女に初めて男性経験を持たせることである。

　禿が花魁となる第一歩が新造出しだ。十三、四になった禿は、姉女郎が掛かりを負担して、新造出しと呼ばれる豪奢な披露目を行うのが一般である。ただし、この時点ではまだ客を取ることはない。みすずは昨年この新造出しを済ませ、深雪と名を変えた振袖新造となっていた。

「そうか、深雪はそろそろ突出しの時期か」

「はい、深雪ほど稀有な上玉ともなれば、当然道中突出しを目論んでおります」

　新造が初めて客を取り、遊女として一本立ちするのが突出しだ。突出しの披露目には、見世張突出しと道中突出しの二種類がある。最高位の遊女である呼出し昼三になれると見込まれた振袖新造は、これも姉女郎の多額の負担のもとに後者を行うのだが、前途を嘱望されている深雪はこの道中突出しが予定されていた。

　ただし、突出しの前には必ず済ませておかなければならない儀式があった。すなわち水揚である。

「最初に痛い目に遭って、男を妙に怖がるようになっては一大事ですからな」

　我武者羅な若い男の手荒な振舞いによって初体験から性への嫌悪感を覚えるような羽目になれば、向後の大きな障碍である。そこで場数を踏んで廓慣れした初老、中老の男性を妓楼側で選び、破瓜の相手になってもらうのが通例となっていた。

「大伝馬町の三河屋様に白羽の矢を立てたのですが」

「ああ、富右衛門か。あの御仁なら適任だな」

富右衛門は炭問屋三河屋の隠居で、若い頃から吉原に通い慣れた粋人として知られている。温厚篤実な人柄が評価されて、これまでも数多の新造の水揚を任されたことがあったはずだ。

「ところが、どうしたわけか深雪がひどく渋っているのです。首を横に振っているわけではないのですが、心底では大きに不服を抱いていることが面付きから一目瞭然でして」

「いざ水揚が目睫に迫って怖気づいているだけであろう」

「いえ、それはないかと。水揚それ自体は廓で生きていく以上余儀ないことと諦めがついているようですので、やはり三河屋様に飽足りないものがあるようなのです。

そこではたと閃いたのが木島様のお名前でございます。姉女郎の宿木に聞いたところによれば、深雪は木島様にとりわけ親しみを覚えている様子とのこと。実際、九郎助稲荷で木島様と睦まじ気に話し込む光景が幾度も目撃されているとかいないとか」

「いや、あれにはいささか訳があってな」

確かに深雪と二人だけで密会しているのは事実である。しかし、口さがない吉原雀たちが邪推するような色恋沙汰などでは無論ない。

実のところ自分の手には負えない事件が出来する度に木島は深雪を九郎助稲荷に呼出して、あれやこれやと助言を貰っていたのである。五兵衛の一件以来、木島は吟味に対する深雪の眼力、洞察力にすっかり感服し、いつしかそんな習わしとなってしまっていたのだ。だが町奉行所の面目にかけて、よもや彦蔵にそんな内幕を明かすわけにはいかない。

「現在木島様は独り身でいらっしゃいます」

木島は七年前に妻を亡くし、以来後添えを迎えることなく今日に至っている。

「奥様がいらっしゃるのであればこのような願い事は家庭内に不和の種を蒔(ま)きかねませんが、幸か不幸か木島様にその恐れはございません。

ああ、揚代のことを御懸念でしょうか。他ならぬ木島様でございます、出血覚悟で勉強させていただきますから、心配は御無用——」

「たわけめ、金の問題などではない。面番所の隠密廻り同心が新造の水揚をした例など前代未聞だ。御奉行様の耳に届こうものなら、わしの進退にも関わりかねぬ」

木島は彦蔵の申し出をきっぱりと撥ねつけた。

「そうですか……真に残念ですが、致し方ございません。しかしそうなると一体どなたにお願いすればよいものやら、頭が痛いですな」

思案顔で首を捻り続ける彦蔵を尻目に、木島は早々に席を立って相模屋を辞した。

＊

「何とも美しい眺めでありんすなあ、宗左衛門様」

連子窓から仲ノ町の桜並木を見下ろしながら、空蟬は溜息を漏らした。

既に引け四つを過ぎ、張見世に遊女の姿はない。夜見世の終了時刻は本来夜四つと定められていた。しかしそれではあまりに早すぎるので、誤魔化して延長するために暁九つになってから四つと九つの拍子木をまとめて打った。これを引け四つと称したのだ。

既に大門も各見世の大戸も閉じられ、仲ノ町から人通りはかたきし絶えている。

隙間なく櫛比した桜の木々が満月の光を浴びて、青白く輝きながら静かに屹立していた。

「ああ、そうだな」

宗左衛門と呼ばれた大店の主人と思しきでっぷりと肥えた男は、気のない様子でちらりと窓外を見やっただけで、

「だが、わしはやっぱり花より団子だな」

と言って、空蝉に向けて大きく口を開いた。

「まあ、仕方のない御方でありんすなあ」

婀娜めいた笑みを浮かべた空蝉は里芋の煮物を箸で摘まむと、

「はい、あーん」

そう甘い声を出しながら、宗左衛門の口に運んだ。二人を取り巻く多数の幇間や芸者からすかさず、

「よっ、色男」

「まったくお熱いねえ」

などと、やんやの大喝采が沸き起こる。

その時空蝉がさらに宗左衛門に身を寄せようとした拍子に、空蝉の爪先が宗左

衛門の脛（すね）に触れた。

「おや、いやに冷たいな」

「あい、手足の先が冷えやすいのでありんす」

「足袋が履けぬのでは辛かろうな」

素足を見せるのが粋だと考えられていたため、吉原の遊女には冬でも足袋を履かない慣習があった。廊下を歩く時などは分厚い上草履を履いたが、相模屋では彦蔵の方針によりそれすら許されていなかった。

「では、わしが体の芯から温めてやろう」

こんな下品極まりない冗談にも、取巻きからは追従の笑声がどっと沸き起こる。

すると大いに悦に入った態の宗左衛門が、

「それ、御祝儀だぞ！」

と叫びながら、幾枚もの紙花を勢いよく宙にばらまき投げた。後日一枚を一分として換金できる小菊紙である。幇間たちが歓声を上げながら、舞い落ちてくる紙花に一斉に飛びつく。

「これは俺の物だ！」

「離しなさいよ、あたしが先に摑んだんだから」

たちまちあちらこちらで小競り合いが始まった。壁際に控えていた座が乱れつつあるのを見てそろそろ潮時と判断したらしく、番頭新造が、

「お引けでございます」

満面に艶笑を貼り付けながら高声で告げた。番頭新造は元遊女で、自身では客を取らず、現役の花魁の世話をしたり客あしらいを指南したりする役目を担っている。

「主様、そろそろ参りましょうか」

空蟬に耳元でそう囁かれた宗左衛門は赤ら顔をさらに紅潮させて、

「そうか、もう床入りの刻限か。たっぷりと可愛がってやるぞ」

下卑た笑みを浮かべながら、空蟬を荒々しく抱き寄せた。

「憎いねえ、御両人」

満座からの大喝采に送られつつ、宗左衛門と空蟬が三つ蒲団の敷かれた奥の間へと消えていく。それと入れ違いに、小柄な白髪の老婆が中から出て来た。枕元に煙草盆や水差しを用意していた遣手のおくまで、

「お繁りなさいまし」

と、心得顔で二人に慇懃な挨拶を述べた。幇間たちはなおも盛んに囃し立て続けていたが、境の襖が閉められるや否や騒めきは潮が引くようにぴたりと収まった。途端に一同はそそくさと帰り支度を始め、

「では、今宵はこれで」

などと、つい先ほどまでの愛想笑いはどこへやら、能面のように冷めた表情で淡々と別れの挨拶を交わすと、三々五々部屋を立ち去った。

すると最後の一人の姿が見えなくなった途端、入り口の障子が開いて二つの影が飛び込んできた。

「急げっ！」

小声ながら鋭く少年がそう叫ぶと、手近にある膳に飛びついた。そして魚と言わず野菜と言わず菓子と言わず、闇雲に手づかみで口の中に押し込み始めた。少年に続いて、これも凄まじい勢いで料理に箸を伸ばし始めたのは深雪だった。二人とも一言も発することなく、室内には単調な咀嚼音のみが響き続ける。隣室の様子を窺うように幾度も視線をそちらに走らせるが、手を止めることは決してなかった。

妓楼で働く遊女や奉公人には賄い飯が提供されるものの、質量ともに充分とは

言い難いのが実情である。とりわけこの相模屋ではその傾向が顕著で、そのため常日頃空腹を抱えている者が大半だ。宴会の残飯に手を付けることは認められていなかったが、折檻覚悟で禁を破る者が後を絶たなかった。

深雪とて年端も行かない禿の頃ならばまだしも、新造となった今こんな醜態を姉女郎の宿木に見られようものなら大目玉を食うのは必至である。けれども、毎日の腹と背が付いてしまうようなひもじさに抗うことは到底できなかった。

程なく掃除役の中郎がやって来て、食べ残しをそっくり片付けてしまうはずだ。まさに時間との勝負である。

「んぐっ！」

少年が喉に何かを詰まらせたような呻き声を上げた。深雪は急いで少年に湯呑を手渡しながら、

「大丈夫、直吉さん？」

直吉は茶を一息で呷ると、人心地が付いたように大きな吐息を漏らした。それから台の物の載った膳を深雪の方に押しやって、

「ほら、これはやるよ」

「ありがとう」

深雪は菜の花の煮浸しが入った小鉢を手にしたが、暫しの間箸を動かさずに直吉の横顔を見つめていた。

直吉は色白の細面で、何とはなしに大店の惣領といった風采を持っている。以前深雪が小耳に挟んだところによると事実そのとおりで、直吉は亀井町の油問屋、和泉屋の跡取り息子だった。何の憂いもないと思われた直吉の前途は、五年前に突如暗転した。火事により直吉を除く一家全員が焼死し、家財の一切を失ったのだ。

直吉は叔父の元に引き取られたが、因業冷徹な叔父は直吉を露骨に御荷物扱いした。非道な仕打ちに耐えられなくなった直吉は叔父の家を飛び出してしまい、浅草寺の境内で野宿していたところを相模屋先代の五兵衛に拾われたのだった。

そうした経緯に加えて若い者の中でも最年少であるため直吉はありとあらゆる雑用を負わされていたが、毎日不平一つ漏らさずに黙々と務めを果たしていた。直吉が相模屋に来たのは深雪とほぼ同時期なので、深雪はそんな直吉の背中を五年間ずっと見つめ続けてきたことになる。

「どうした、食べないのか」

深雪の視線に気づいた直吉が振り返り、深雪を真っすぐに見つめてくる。一点の曇りもないその瞳のさやけき輝きを直視できず、我知らず深雪は目を伏せた。

「ううん、何でもない」

顔に紅葉を散らしながら、深雪は首を横に振った。

「もっとたくさん食べて、水揚までにはもっと女っぽい体つきにならないとな。そんな洗濯板みたいな薄い胸じゃ、馴染なんて一人もつかないぞ」

「ひどい！」

頰を膨らませながら、深雪は拳を振り上げた。

「馬鹿、声が大きいぞ。隣りに聞こえるだろ」

直吉は眉を顰めたものの、大仰に仰け反りながら戯けたように、

「怖い怖い。こんなきんぴら娘じゃ、水揚してくれる奇特な旦那なんて出てくれそうもないな」

「そんな人いなくたっていい」

口を尖らせながら、深雪はそっぽを向いた。

「だって私の望みは、直吉さんに……」

深雪の呟きはあまりに小さく、尻つぼみとなった。どうやら直吉の耳には届かなかったらしく、直吉はいくつもの膳に矢継ぎ早に手を伸ばし続けている。

その時突として、発条が切れてしまった絡繰り人形のように直吉の動きが止まった。微動だにせず、隣室の気配に耳をそばだてている様子だ。

感づかれてしまったかと深雪は思わず身を固くしたが、そうでないことは直ちに判然とした。

「ああ、主様……」

淫靡な善がり声が漏れ聞こえてくる。宗左衛門に責めたてられた空蝉が歓喜の声を上げているのだ。

直吉は唇をきつく噛みしめ、顔からは丸切り血色が失せている。固く握りしめた両の拳がぶるぶると小刻みに震えていた。

(もしや直吉さんは――)

隣室との境の襖に向けて、直吉は射るような視線を放っている。その瞳に宿った尋常ならざる暗い光に息を呑んだ深雪は、掛けるべき言葉を奪われて沈黙した。

＊

その二日後の夜。

最初に異変に気づいたのは、不寝番の庄太と友助だった。

不寝番は文字どおり夜通し二階の廊下を歩きながら拍子木を打ち鳴らして時刻を告げて回る仕事であるが、もう一つ重要な役割があった。

遊女が客を取っている部屋を暗闇にしないよう行灯（あんどん）の火は終夜灯（とも）し続けなければならないが、そのためには随時油を補充する必要がある。不寝番は同衾中であっても構わず立ち入ることが認められており、日の出まで各部屋の行灯に油を注ぎ足し回って歩くのだ。

眠気覚ましにとりわけ濃く淹（い）れた茶を飲んでから二人が二階に上がったのは、暁八つ（午前二時頃）少し前だった。定刻よりも多少早いのは、二階の廊下から何やら物が落ちるか割れるかした音が聞こえてきたからだった。

「一体何だろうな」

友助が不安げに尋ねると、

「どうせ酔っ払った客が騒いだだけだろう、気にすることたあねえ。とっとと油差しを済ましちまおうぜ」

そう答えながら、庄太は大きなあくびを漏らした。

「あれ……？」

階段を登った取っ付きに空蝉の部屋があるのだが、その入り口の襖に手を掛けた友助が首を傾げた。

「どうした」

「開かないんだよ。中から心張棒を支(か)っているみたいに」

「何だと」

血相を変えた庄太が友助に代わってがたがたと揺さぶってみたが、やはり襖は一向に開かない。

「心中でもやらかしたんじゃねえだろうな」

「まさか……」

血の気の引いた顔を二人が見合わせたまさにその時、にわかに部屋の中から、

「やめろ、来るな！」

男の叫び声が聞こえ、続いて間髪を入れずに、

「うぎゃっ！」

と、悲鳴が高く響いた。

「花魁！　どうなすったんですか！」

泡を食った友助が襖を叩きながらそう叫んだが、中からは何の応えもない。どうしたものかと二人が躊躇していると、異変に気づいた大勢の若い者らが息急(せ)き

切って集まってきた。

「全体何の騒ぎだ」

楼主の彦蔵ががなり立てながら、人波をかき分けて現れた。つかえつかえ庄太が行く立てを説明をすると、彦蔵はたちまち眉を吊り上げて、

「裏に回れ」

昼三の花魁ともなれば、与えられている部屋は一つきりではない。客を迎える座敷からではなく、裏手にある居間兼寝間の方から突入するよう彦蔵は命じたのだ。

即座に友助ら幾人かが廊下を駆け出したが、

「うわっ！」

とたちまち声を上げて、足を止めた。

「もたもたするな、とっとと行け！」

彦蔵に叱責された友助は言い訳するようにおずおずと、

「それがその……ギヤマンが割れたのがたくさん落ちていて通れねえんです」

「何だと？」

彦蔵が友助を押しのけて覗き込むと、なるほど廊下にギヤマンの青い欠片が無

数に落ちている。しかも欠片は長さは一間ほど、幅は廊下いっぱいに拡がっているので、義経の八艘飛びでもできない限り通れない有様だ。

「誰がこんなふざけた真似を」

八の字を寄せながら、彦蔵は大きく舌を鳴らした。

廊下の中庭に面した側には出格子が設けられている。奥行一尺ほどの地板がはまっていて棚代わりに利用されており、水差しや提灯など雑多な物が置かれていた。

そこにギヤマンの大きな青い花瓶もあったはずなのに、今は見当たらなくなっている。どうやら誰かがその花瓶を打ち割って、その欠片を廊下にばら撒いたようだ。先ほど友助らが聞いた異音は、この花瓶が割れた時のものだったのだろう。

「構わん、打ち破れ」

彦蔵の命を受けて友助と庄太が体当たりすると、入り口の襖は鈍い音とともにあっさりと内側に倒れた。入ってすぐの所に、長さ二尺五寸（約七十五センチメートル）ほどの心張棒が転がっていた。どうやらこれが支えていたらしい。

寄付きの座敷には誰もいない。彦蔵らは奥の間に殺到したが、境の襖をあけた途端皆がその場に立ち尽くした。

部屋は八畳ほどの広さがあり、そのほぼ中央に一人の男がうつ伏せに横たわっている。すぐ脇に据えられた行灯が朧げな光を投げかけ、男の目が悉皆瞬かず、また口も半開きのままであるのが見てとれた。

小袖の背の真ん中辺りが赤黒く染まり、血の匂いが強く鼻を突く。何かで背中を刺されるか切られるかしたらしい。男は指一本動かさず、もはや絶命していることは明らかだった。

彦蔵が男に駆け寄り、仰向けにしようと男の肩に手を伸ばした時、

「いけません」

唐突に直吉が部屋の隅の方から前に進み出て、

「面番所の御調べが済むまで、手を触れるべきではないかと。皆様もそれ以上近づかない方が」

「賢しらな口を叩くな！」

直吉を睨めつけながら彦蔵は大喝したものの、思い直したように廻し方の安三を振り返った。廻し方は二階全般の采配役である。

「こいつは誰だ」

「はい、米問屋若狭屋の次男坊で、清十郎という男です」

「空蝉の馴染だったのか」

「はい、このところ足繁く通ってきていました。まさかこれは心中なのでしょうか」

「馴染が遊女の部屋で死んでいるとなれば、そうも考えたくはなるが、違うな。肝心の空蝉がどこにもいない」

彦蔵は部屋の中をぐるりと見渡した。押し入れなど人一人が隠れられそうな場所はどこにもなく、室内に空蝉の姿がないことは歴然としていた。

「かと言って、こいつ一人で自裁したわけでもなさそうだな。自裁するなら腹や喉を刺すはずだし、そもそも自分の背など刺したくても刺せるはずがなかろう。おまけに、自裁なら骸の近くに落ちているはずの凶器がどこにも見当たらない。お前らは『やめろ、来るな！』という悲鳴を確かに聞いたんだな」

「はい、間違いなく」

庄太と友助は青い顔で頷きながら、

「誰かに襲われたから、清十郎はそう叫んだに決まってる。つまり、この一件は殺しということだ」

「まさかこいつは空蝉の仕業でしょうか。心中をし損ねた後に怖くなって、どこかに雲隠れしちまったんじゃ――」

安三がおずおずと口を挟むと、

「そうとわかってんなら、雁首(がんくび)揃えてもたもた突っ立ってるんじゃねえ!」

彦蔵は怒髪冠を衝(つ)く形相で、

「草の根分けても空蝉を探し出し、とっとと引っ立てて来い!」

彦蔵の剣幕に若い者らは慌てふためき、一斉に部屋を飛び出そうとしたが、

「お待ちください」

出し抜けに深雪が声を上げた。突出し前の新造は禿とともに階下の雑魚寝(ざこね)部屋で床に就いているはずだが、喧噪(けんそう)で目が覚めてしまったのか、いつの間にか二階に上がってきていたようだ。

「入り口の襖に内側から心張棒が支ってあったそうですね。こちらの部屋の裏口も同様です」

深雪が指差す先を見ると、廊下に通じる襖に心張棒が支ってある。

「外側から心張棒を支うことは不可能なのですから、花魁だろうと誰であろうと清十郎様を殺めた下手人が外に出られたはずがありません。窓から逃げられなかったのも言うまでもないことです」

どちらの部屋にも仲ノ町に面した側に窓が一つずつ設けられているが、六寸ほどの間隔で連子が取り付けられている。小児でもなければ、何人たりとも通り抜けることは不可能だ。

「じゃあ何か、こいつが自害したってお前は言いたいのか。だったら、なぜこいつは『やめろ、来るな！』と叫んだんだ」

「他害に見せかけるための演技だったかもしれません」

「一体何のためにそんな真似をする必要があるんだ。第一自害なら背中を刺すわけがないし、刃物もどこにも落ちてはおらん！」

「つきましては、今ここにいらっしゃる方全員の所持品を検めていただきとう存じます」

「何だと？」

彦蔵は青筋を立てて、

「なんでそんな真似をしなければならんのだ！　誰かが凶器をちょろまかしたとでも言いたいのか？　誰一人骸には近づいていないじゃないか！」

「是非ともお願いいたします」

眦を決した深雪が、深々と腰を折った。

「うむ……」

本来であれば、新造風情の進言など一顧だにする必要はない。けれども五兵衛の一件を解決に導いたのは、面番所の木島ではなくて実は深雪であるという噂を彦蔵は耳にしていた。木島も吟味に関する深雪の手腕には一目も二目も置いているらしい。

「わかった」

不承不承彦蔵は深雪の建言を肯った。

「理由はわからんが、ともかく何か妙な物を身に付けていないか調べればいいんだな」

「はい」

「安三、おまえがやれ」

彦蔵はその役目を安三に命じた。出口の脇に立った安三は部屋を出て行く一人一人の身体を検めたが、不審な物を所持している者は誰もいなかった。

廊下に出た若い者たちは口々に、

「お夏清十郎でもあるめえし、清十郎って名の野郎は人騒がせな奴が多いな」

「空蝉に逃げられて、仕方なく自分一人で死んじまったんじゃねえのか」

「こんな夜中に人探しか。勘弁してくれよ」

などと口々に嘆いたりぼやいたりしながら、階段の降り口に向かった。その時やにわに、一階からどすんと大きな音が響いた。階段の登り口の辺りに何か大きな物が落下したようだった。

何事かと若い者の一人が階下を覗き込んだ途端、

「うわっ！」

と叫び声を上げた。

「大変です、花魁が！」

四肢をぴくつかせながら、一人の遊女が横たわっている。その首はあり得ないほど大きく後ろに反り返り、見る間に口元から血の海が広がっていった。

「空蟬……」

深閑と静まり返った妓楼の中に、彦蔵の呟きが虚ろに響く。誰もが驚愕と困惑で塗り固めたような色になり、その場に呆然と立ち尽くしていた。

＊

「これは心中――無理心中なのか？」

空蟬の死体を見下ろしながら、木島は苦り切った口調で呻いた。木島はつい今しがたまで二階の現場を検分していたのだが、心中以外で一度に二つの死体の検死に立ち会うのは初めてだった。

空蟬の首は、曲尺のように奇妙な角度で後方に折れ曲がっていた。緋縮緬の湯文字の裾がしどけなくはだけ、足袋を履かぬ白い足が妙に艶めかしく見える。

「いかがですか」

木島が問うと、死体に屈みこんだ松軒は肩を竦めて、

「見てのとおりだ。他に刺し傷等はないから、二階から落ちて首を折ったのが死因であることは間違いない」

木島は背後に控える彦蔵に問うた。

「空蟬が死んだのは、清十郎が死んでいるのが発見された後のことなのだな」

「はい、空蟬の行方を早く探さねばという話になって皆が飛び出そうとした時、突然階段の方で大きな音がして……」

「空蟬の叫び声は聞こえたか」

「いえ、特には」

もしも誰かに突き落とされたのなら、空蟬は悲鳴を上げたはずだ。ということ

は空蟬は自ら飛び降りたのだろうか。いや、あまりに突然の出来事で声が出せなかっただけかもしれないから、そう断じてしまうのは危ういだろう。

「骸からは血が出ていたか」

「ええ、どくどくと流れるように」

であれば、それ以前に落命していた死体を投げ落としたわけではなく、実際にその時点で墜死したということになるだろう。

胴抜の袖を捲り上げると、空蟬の左の二の腕には〈清さま命〉との彫物が見えた。間夫に対する誠心を示したい時、男の名を入墨する慣習が遊女にはある。どうやら空蟬は清十郎にぞっこん惚れ込んでいたようだ。

（考えうる見立ては三つ、いや四つか……）

一つ目は、彦蔵らが当初考えたとおり、清十郎を殺めたのは空蟬だった。動機は不明だが、清十郎が他の遊女に心を移したのが露見して空蟬が激昂したとか、痴話喧嘩が縺れた果てについ逆上したとか、まあそんなところだろう。ところが意想外に早く事件が発覚してしまい、空蟬は逃げ切れぬと覚悟を決めて自決した。

二つ目は、元々その夜空蟬と清十郎は心中を決行する心積もりでいた。ところが何か手違いでもあったのか、清十郎が先走って一人で自害してしまった。空蟬は狼狽し、慌てて身を投げた。

三つ目は、清十郎の死は自死ではなく、空蟬以外の誰かが殺めた。大店のお坊ちゃんに過ぎぬ清十郎に、殺害されねばならぬような理由が果たしてあったのかはいささか疑問だが。ともかくも空蟬はそれを自裁と思い込み、後を追った。

四つ目は、空蟬の死は自死ではなく、清十郎を殺害した下手人によって突き落とされた、すなわち立て続けの殺しだったのである。ただしこの見立てでは、清十郎のみならず空蟬をも害さなければならなかった動機を探り出す必要が出て来る。まだ他にも可能性はあるかもしれないが、ともかくも焦点は清十郎の死だろう。

現場は内側から心張棒で密閉されていた。殺しだとすれば、下手人がいかにして逃げ出せたのかを解明せねばならない。

一方、庄太らが聞いた叫び声や背中を刺されていたという点をとりあえず度外視して、清十郎は自裁したと仮定してみる。その場合は凶器が室内に残っていなければならないが、どこからも見つけることはできなかった。自死説を採ろうとする時、それは大きな障碍となる。

(待てよ、現場に集まったうちの誰かが凶器を咄嗟に拾って隠し持ったとは考えられぬだろうか)

その人物にとっては清十郎の死が自死では不都合で、殺しと見なされる方が望ましい何らかの事情があったのだ——それがどんな事情だったのかは、今のところとんと見当がつかないけれども。我ながら悪くない思い付きだと木島は頷きかけたが、

（いや、あり得ぬ）

と、直ちに首を横に振った。

深雪の提案によりまだ一人も現場から離れぬうちに全員の身体が検められ、凶器らしき物など誰も所持していないことが確かめられているからだ。

おかげで木島は詮議を誤った方角へ進めずに済んだことになるが、

（よもや深雪はその場で瞬時にそこまで見通せたというのか）

深雪の慧眼(けいがん)に舌を巻いた木島が頭を振った、その時だった。

「うわーっ！」

階上から上擦った大きな喚(わめ)き声が降ってきた。

「大変だ、おくまさんが、おくまさんが」

＊

「――これで三つ目か」

苦虫を嚙み潰したような色で、木島は足元の死体を睨め付けた。

二階奥にある薄暗い行灯部屋の中である。木島の眼前の床には、一人の老女が身動き一つせず無言で横たわっている。遣手のおくまの変わり果てた姿だった。

「一晩で三人も死ぬとは一体いかなることだ！」

唇を歪めながら木島は吐き捨てた。

「静かにせんか。検死の邪魔だ」

振り向きもせず木島を窘めた後、松軒は死体の頸の辺りを指差しながら、

「死んだのは半刻くらいかのう。死因は言うまでもない」

おくまの頸の回りには、くっきりと幅一寸ほどの赤黒い痕がついていた。一目瞭然の絞め殺しである。

「自裁ということはあり得ませんね」

「自分で自分の首を扱きで絞めて死ねたのなら話は別だがな」

松軒はおくまの死体のすぐ脇に落ちていた扱き帯を指差して、

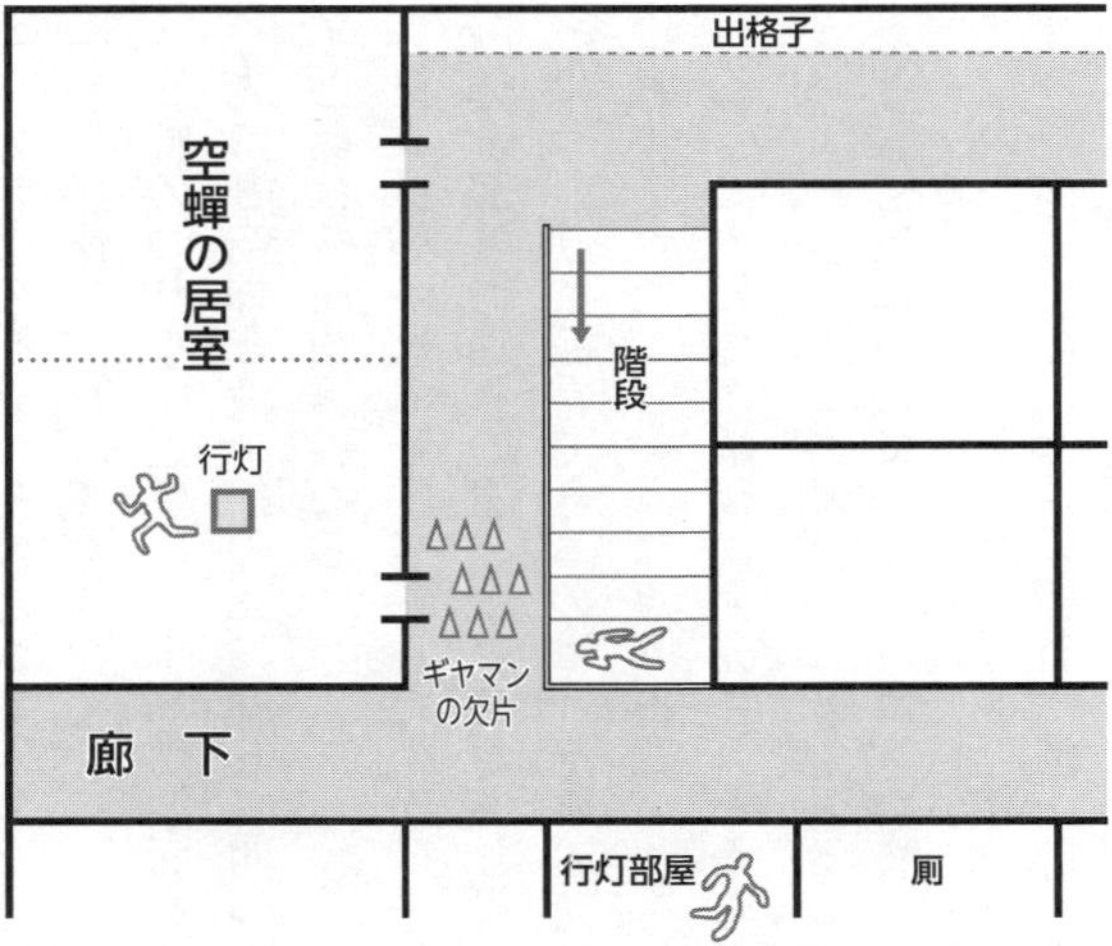

出格子
空蟬の居室
仲ノ町
行灯
階段
ギヤマンの欠片
廊下
行灯部屋
厠

「凶器はこれだろう。太さがちょうど同じくらいだ」

木島はその扱き帯を拾い上げてとくと観察したが、ありきたりの古物で何の手掛かりにもなりそうになかった。この行灯部屋は物置も兼ねているらしく、行灯以外にも蒲団、長持や古着などが雑然と山積みになっている。おそらく下手人は、この部屋に仕舞われてあった扱き帯を用いて事に及んだのであろう。

（さすれば、予め計画されていた犯行ではなかったということになるだろうか……）

そして何より問題なのは、清十郎と空蟬の死とも連関しているのかという点だ。

「三人がどの順番で死んだかわかりませんか」

「無理無体を言わんでくれ」

松軒のつれない返事に、木島は渋面を作りながら唇を噛んだ。

先ほど空蟬と清十郎の死に関して四つの仮説を立てたが、そこにおくまが加わると話は一層複雑になる。

三人はいかなる順番で死んだのか、それは殺害だったのか自死だったのか――一体全部で何通りの組み合わせがあり得るのか、からきし見当もつかない。

はっきりと断言できるのは、空蟬の死は清十郎よりも後である、そしておくまは殺害された、という二点のみだ。

おくまの死体が最後に発見されたからと言って、死んだのも最後だったとは限らない。清十郎と空蟬の死で妓楼中が騒然とする中、おくまの姿が見えないことなど誰も気に留めていなかった。たまたま酒を過ごして嘔吐(おうと)したため蒲団を汚してしまった客がおり、代わりの蒲団を楼丁の一人が取りに来て絶命しているおくまを見つけたのだった。犯行が清十郎の死より前に為(な)された可能性も否定できない。

また、おくまの殺害が空蟬や清十郎と直接には関係がなかったという見方も十分に成り立つ。

（務め柄おくまは多くの遊女から恨みを買っていたに相違ない）

遣手とは遊女たちを管理監督する監視役である。年季が明けても行き場を見つけられなかった遊女がやむなく見世に残り、遣手を務めるのが通例だ。遣手は常日頃遊女たちを厳しく指導叱責し、不始末を起こした遊女には苛烈な折檻を加えた。

それゆえおくまは遊女らの大きな恨みを買っていたはずで、空蟬らの死の混乱に乗じて遊女の誰かに復讐されたのだとしてもさほどの不思議はないだろう。

しかし、現時点でそう決めつけてしまうのも早計だ。例えば清十郎が殺害された場面を目撃してしまったため、おくまはその下手人に襲われたという可能性は大いにある。さらに言うなら、清十郎を殺めたのはおくまで――それを知った空蟬が憤怒の余りおくまが持っていたとは少々考えづらいが――そんな動機をおくまの首を絞めてしまい、自責の念に駆られた空蟬が身を投げて自害した、というような捻くれた見解すらあり得るだろう。

木島は深い嘆息を漏らした。どれほど頭を悩ませたところで、このような屁理屈は皆目際限がない。

（おや、あれは……）

その時木島はおくまの右手に目を留めた。親指と人差し指のみが深く折り曲げられ、中指、薬指、小指の三本がぴんと伸ばされている。

「首を絞められると、息ができなくなった拍子に指がこんな具合に折れ曲がってしまうことはありますか」

木島の問いに松軒はにべもなく、

「はて聞いたこともないな」

「すると、これはおくまが我らに残そうとした手掛かりなのでは」

木島はおくまと同様に自分の右手の親指と人差し指だけを曲げて残りの三本の指を伸ばしてみたが、存外に力が必要でいささか窮屈だ。しかも、おくまは腕を捻って掌を表に向けている。自然にそうなったのではなく、おくまは敢えてそうしたのだと見なすべきだろう。

急速に意識が遠のいていく中、おくまが動かすことができたのはわずかに手の指だけだった。それゆえ、このようにして『死に際の伝言』を発したのではなかろうか。懸命に何かを――おそらくは下手人の名を指摘しようとしたのだ。

「そんなことわしが知るものか。それを考えるのはお前さんの領分だ」

おくまは一体誰が下手人だと訴えたかったのだろう。親指を折っていたということは親父——つまり、楼主の彦蔵を指し示したかったのだろうか。いや、人差し指も一緒なのだからそれは牽強付会に過ぎる。それよりも伸ばした三本の指の方に意味があるのかもしれない。相模屋の奉公人の中に、三太郎とかおさんとか〈さん〉が付く名の者がいないか調べてみる必要がある。

だがそれでおくまを殺めた下手人を首尾良く見つけられたとしても、まだ空蟬と清十郎の死の謎が残っている。おくま殺しの下手人があとの二人も自分の仕業だと白状してくれれば言うことはないが、

（そう簡単に問屋が卸してくれるものかどうか）

さらには、今一つの疑念が木島の心底に蟠っていた。

木島は出入り口の向こうに伸びる廊下を見やった。所々に置かれた燭台のあえかな光を受けて、廊下に散らばったギヤマンの欠片がかすかに光っている。あれは誰の仕業なのだろうか。

ギヤマンは裏口を塞ぐようにばら撒かれていた。邪魔が入らぬよう裏口の出入りを妨げるため、清十郎殺しの下手人がそうしたと考えるのが最も妥当だろう。

だが、必ずしもそうとは断言できない。

この行灯部屋は、空蟬の部屋の裏口からさらに廊下を進んだ奥まった場所に厠と並んで位置している。おくま殺しの下手人が犯行の発覚を遅らせるため、花瓶を割って行く手を塞いだという可能性も捨てきれないからだ。

さらに捻った見立てをするなら、そもそも事件とは何の関係もないのかもしれない。下女の誰かが片付けの際に、あるいは登楼した客の一人が泥酔した挙句に、たまたま誤って割ってしまったに過ぎないのかもしれないのだ。

いくら沈思しても、現時点では何とも判断がつきかねた。圧し口を作りながら、木島は視線を行灯部屋に戻した。行灯の明かりは甚だ弱いため照らし出されているのは死体の周囲だけで、室内はほぼ全体が暗闇に包まれている。

(詮議の方も今のところ御先真っ暗だな……)

眉を深く寄せた木島は、心ともなく自嘲の笑みを浮かべざるを得なかった。

＊

「立ち止まるでない。さっさと歩け」

嗄れ声で木島は叫んだ。朝から声を張り上げどおしなので、ひどく喉が痛む。

「こら、余所見をしないで真っすぐ歩け」

満開の桜を目当てに訪れた見物客で仲ノ町は大混雑である。時刻は夕七つ半（午後五時頃）過ぎ。暮れなずむ空を背景に、雪洞の灯りに照らし出されて桜の花が妖しいまでに美しく輝いている。

仲ノ町の桜は自然に植わっている木ではなく、三月一日に植木屋が数百本もの根付きの桜を運び込んで植えたものである。突如として登場したこの燦然たる桜並木は、花が散り初める月末になると残らず抜き去られて忽然と姿を消してしまうのだ。

いかにも吉原らしい作り物めいた催事であるが、期間限定であるだけに人々の興味を大いに引き、殺到する遊客の往来を整理するのに大童となるのが毎年の常だった。

何ともうんざりする務めだったが、今年に限れば話は別だった。そうした忙しさにかまけていれば気が紛れ、一時とは言え胸中の憂い事を忘却できるからである。

相模屋の事件が起きてから十日余り。吟味はすっかり行き詰まっていた。

検死を終えた後、木島はまず遊客や奉公人ら当夜相模屋にいた者全員の行動を洗い出そうとした。一人一人差向かいで尋問したのだが、結句まったくの徒労に終わった。

何分深夜のこととて、皆が床についていたからである。階上が騒がしいので目が覚め、急いで駆けつけたのだと全員が口を揃えた。

外部から侵入した下手人の仕業ではあり得ない。引け四つに大戸のみならず妓楼のすべての戸の桟を内側から下ろしていたからだ。相模屋の中にいた誰かがこっそりと空蝉の部屋に忍んでいったとしか考えられないが、それを突き止めるのは至難であった。

起床していたことがはっきりとわかっているのは不寝番の友助と庄太のみであり、事件には掻い暮れ関わりがないと強く申し立てていた。もっともその実二人は共犯であり、口裏を合わせていると考えられないでもない。

「わしの目が節穴だと思っておるのか。有体に白状せよ」

試みに木島が脅しを掛けてみると、二人は切羽詰まった声色で、

「お、御取り違えです」

「わっちらは何も知りません！」

と、必死の形相で無実を訴えた。見込み外れであることは火を見るよりも明ら

かだったので、

「わかったわかった、さように泡を食わずともよい」

そう懸命に宥めて、木島は彼らを退かせた。

木島は方針を転じて、動機の面を洗ってみることにした。すると、何とも耳寄りな話が床廻しの定助の口からもたらされた。空蟬と清十郎は密かに心中を企てていたらしいというのだ。

当初定助はひどく言い渋っていたが、

「御上の詮議に対して隠し立てをするつもりか」

と木島が恫喝すると、定助はたちまち震え上がって、

「清十郎は空蟬の本気の情夫でした。清十郎を恋い慕う空蟬の真心は、傍から見ていても実にいじらしいものでした」

一方清十郎の空蟬への耽溺ぶりも、夜も日も明けぬといった有様だった。当然のことながら父親の不興を買ってしまい、銚子行きの寸前となっていた。銚子は勘当息子のお決まりの放逐先である。

小遣いが差し止められたため清十郎は頗る手元不如意だったが、空蟬の方も清十郎に首っ丈なので、身揚りして登楼させることもしばしばであった。身揚りと

は遊女が自分で揚代を支払うことで、その分見世に対する借金が嵩んでしまう仕組みになっている。

「ところが先日、紙問屋大黒屋の主人、宗左衛門が空蝉の身請けを申し出まして」

身請けとは年季明け前の遊女の借金を肩代わりし、遊女の身柄を貰い受けることである。

「楼主の彦蔵は大いに喜び、早速に話を進めようとしたのですが」

「無論空蝉は諾なわなかったわけだな。しかし、さような塩梅の清十郎に身請けしてもらうことなど夢のまた夢だな」

身請けには遊女の身代金は元より、妓楼の奉公人、引手茶屋、幇間などへの祝儀や豪勢な送別の宴の支払いなども負担しなければならないので、莫大な費用が掛かる。安永四年（一七七五）烏山検校が松葉屋の瀬川を身請けした際に千四百両を要したのは極端な例ではあるが、身請けは妓楼にとっても大きな利益となった。

「仰るとおりです。かと言って、坊ちゃん育ちの清十郎は空蝉を足抜けさせるところまでは思いきれなかったようで」

足抜けに失敗した遊女は楼主から苛烈極まる折檻を受けるのが掟で、死に至らしめられることも珍しくない。生き永らえたとしても最下級の切見世に売り飛ばされ、わずか百文の揚代で客を取り続けなければならなかった。

「身請けに同意しろと彦蔵からは矢の催促。足抜けも無理。となれば、もはや心中するしかないと空蟬は思いつめていたというわけか」

「そうとはっきり聞いたわけではありませんでしたが、最近清十郎が登楼した時にはいつも空蟬は眉を曇らせながら額を合わせて何やら内緒話ばかりしていて……事件の五日ほど前、襖越しに『心中』という言葉が漏れ聞こえたことがありました。さすがに放っておくわけにはいかないので空蟬を問い詰めたのですが、聞き違いだと笑いながらはぐらかされてしまいました」

けれども、畢竟(ひつきよう)定助の杞憂(きゆう)ではなかったということだろうか。二人は心中を決行しようとしたが、瀬戸際で清十郎が怖気(おじけ)づいて尻込みしてしまった。業を煮やした空蟬が清十郎を殺害し、その後身を投げて自裁したのだ。

木島は八の字を寄せながら腕組みをした。一応の筋は通っており、これまで思いついた仮説の中では最も妥当であるように思われる。であれば、おくま殺しもこの視点から捉え直さなければならない。

「おくまも二人の目論見に気付いておったのか」

「さて、それは……薄々であれば察していたとは思いますが」

遣手には妓楼から給金は一切出ず、客からの祝儀が主たる収入源である。したがっておくまとしては、空蟬に身揚りさせるような素寒貧の清十郎を登楼させたところで一文の得にもならない。おくまは日頃から清十郎のことを苦々しく思い、一刻も早く別れるよう空蟬を詰り続けていたに違いない。

空蟬はおくまに対する憤懣を日々募らせていたはずだ。そしてあの夜、心中の企てを知ったおくまは空蟬を行灯部屋に呼出し、心中など以ての外、即刻清十郎を叩き出せと頭ごなしに空蟬を怒鳴りつけた。堪忍袋の緒が切れた空蟬は、思わずその場にあった扱き帯を手に取り、おくまの首を絞めてしまった——

「あの、木島様」

空目を使いながら、定助がおずおずとした声音で、

「あっしが喋ったということはくれぐれも内密に」

床廻しは、遊女と客の床の上げ下げをする役目である。空蟬と清十郎の間に流れる不穏な空気を定助は当然察知していたが、情にほだされてしまい見て見ぬ振りをしていたのだろう。その挙句が此度の惨事となれば、彦蔵に知られたら無事では済まされない。

「ああ、わかっている。安心しろ。決して口外はせぬ」

どうか他言無用にと、くだくだと繰り返しながら定助は引き取った。その後ろ姿を眺めながら、

（空蟬と清十郎の死は心中崩れに相違あるまい）

事件解決の目途が半ば立ったことに満足を覚え、木島はほくそ笑んだ。とは言え未解明の点がなおも多く残されているから、手放しで喜ぶわけにはいかない。

一つ目は、空蟬の部屋が内側から心張棒で密閉されていた点。清十郎を殺めた後、空蟬はいかにして外に出たのだろうか。

二つ目は、凶器はどこに消えたのかという点。おそらく凶器は清十郎が心中のために外から持ち込んだのだろう。武士は両刀を内所に預けなければ登楼できないが、町人にはそのような決まりはないから匕首（あいくち）のような小型の刃物であれば懐にでも容易に隠し持つことができる。問題は犯行後の行方だ。

窓から外に投げ捨てられたのではと思いついたこともあったが、直ちに否定せざるを得なかった。あの部屋の窓は仲ノ町に面している。いくら力一杯遠くに投げたところで、道の上に落ちるだけだ。火の番が鉄棒を鳴らしながら火の用心を唱えて終夜廓内を巡回しているから、容易に発見されてしまう。

闇に紛れて火の番が見過ごすことを期待できぬでもないが、夜が明けて見世の周囲が捜索されれば一巻の終わりだ。実際木島自身が目を皿のようにして探査したが、凶器らしき物などどこにも見当たらなかった。

では空蟬が持ち去ったのかと言えば、空蟬の死体は凶器と思しき物を何も帯びてはいなかった。身を投げる前に処分したのだろうか。だが、どこに？　空蟬の居室のみならず、妓楼中をくまなく虱潰しに探したが、何も見つけられなかった。よもや相模屋の中に協力者がいて――例えば配下の妹女郎や禿だ――そ奴に預けたのだろうか。

三つ目は、おくまの指が奇妙な形をしていた点。空蟬という名は〈さん〉とは無関係としか思えない。空蟬が新造や禿の時も、名に〈さん〉は付かなかったはずだ。おくまの意図を木島が読み違えているのだろうか。あるいはそもそもあれが『死に際の伝言』であったという推測が単に木島の思い過ごしなのか。ちなみに、相模屋の奉公人の中にも〈さん〉が名に付く者は一人もいなかった。

四つ目は、ギヤマンの欠片が廊下にばら撒かれていた点。あれも空蟬の仕業だったのだろうか。だとすれば、その意図は何だったのか。

事件とは無関係である可能性も考慮して、木島はあの夜登楼していた客や奉公人全員に尋ねてみたが、自分が割ったと名乗り出る者は一人もいなかった。ただし高価な花瓶を弁償させられることを恐れて口を噤んでいるだけかもしれないから、これは当てにはならないのだが。

そうして未解決の謎を数え上げていくと、木島の高揚はたちまち萎(しぼ)んでいった。自信を持っていた心中崩れによる空蟬下手人説そのものが、果たして正しいのか疑わしいとさえ思えてくる。混迷は深まるばかりで、木島はここ数日満足に安眠することができていなかった。

木島が群衆を掻き分けながら、仲ノ町が鉄漿溝に突き当たる水道尻(すいどじり)の近く、ちょうど相模屋の前辺りまで来た時のことだった。

「なんであんな所に」

「植木屋が忘れたんじゃねえか」

二人の男が桜の木を見上げながら何かを指差している。足を完全に止めているので、順調な人の流れがそこで滞留してしまっていた。

「こら、立ち止まるな！」

心中の苛立(いらだ)ちをぶつけるように、木島は槍声(やりごえ)で怒鳴りつけた。二人は首を竦めると、そそくさと歩み去った。

こうなれば考えられる手立ては一つしかない。木島は心を決めた。深雪の知恵を借りるのだ。

実のところ先月も別件で深雪に相談を持ち掛けたばかりで、面番所の同心が遊女に頼り切りというのも甚だ外聞が悪い。加うるに、深雪と密会しているなどと妙な噂も立っている始末だ。何とも気が引けて躊躇していたのだが、この際背に腹は代えられない。

大門へと戻りかけていた木島は、踵を返すと足早に相模屋の暖簾を潜った。

*

「凄いぞ、今日も御馳走ばかりだ」

鯛の天麩羅が載った皿を深雪に手渡しながら、直吉が声を上げた。

「このところ毎日豪勢だな」

事件後七日間の間、相模屋は面番所から商いの禁止を命じられた。一切の収入が途絶えて彦蔵とおひさは顔色を失ったが、さらに懸念されたのが見世を再開した後の成行きであった。

心中騒ぎがあった妓楼に足を運んでくれる客など、果たしてどれほどいるのか。

馴染の誰もが気味悪がって、他の見世に乗り換えてしまうのではないか。閑古鳥が鳴き続けた挙句に、相模屋は潰れてしまうのではないか。

ところが蓋を開けてみれば、こうした危惧はすべて杞憂に終わった。物見高い江戸っ子たちが話の種にという訳か大挙して押し掛け、見世は連日大入り満員の賑わいである。彦蔵夫妻の顰め面は立ち所に恵比須顔へと変わったが、この事態は直吉と深雪にとっても朗報だった。

客が激増した分だけ注文される台の物も激増し、それに比例して残飯の量も激増したのである。営業再開後は到底食べ尽くせぬほどの御馳走に毎晩有り付くことができ、ひもじさとは無縁の夢心地の日々だった。

「どうした、元気がないな」

直吉が気遣わしげに深雪に問うた。

「さっきからほとんど食べてないじゃないか。腹がぺこぺこのはずなのに、どこか具合でも悪いのか。今日も夕飯は宿木花魁に御預けを食わされんだろう」

ただでさえ賄い飯が貧相なのに、事態をさらに悪化させている理由が深雪にはあった。

「うん、源氏香（げんじこう）がなかなか覚えられなくて」

宿木は香道を非常に好んでおり、その着衣や居室からは常に伽羅や白檀の芳香が漂っている。そして、二六時中没頭しているのが源氏香であった。

源氏香とは香道の組香、すなわち香名をあてる鼻識の競技の一つである。五種の香をそれぞれ五包ずつ計二十五包作り、任意の五包を焚いて嗅ぎ分け、その異同を五包の香に対応した五本線の図で表わすのである。図は五十二種あり、源氏物語五十四帖のうち桐壺と夢浮橋を除く各帖の名が付けられている。

「本当に熱心に教えてくださるのだけれど」

夜鷹や舟饅頭などの私娼は春を売るだけだが、吉原の花魁はそればかりでは済まない。書道、茶道、華道などあらゆる芸事を自家薬籠中の物としなければならず、禿のうちから厳しい修練を積んでいた。香道もその対象の一つで、宿木は妹女郎たちに源氏香を習熟させようと日々直向きな指導を怠らないのだ。

けれども嗅覚が鋭敏過ぎて香木の匂いが不得手なせいか、深雪の成績はなかなか上がらなかった。妹女郎たちの中で一人不出来な深雪に業を煮やした宿木は、しばしば懲罰として食事抜きを深雪に強いたのである。

「でも深雪は香道以外なら、和歌でも琴でも何でもござれじゃないか。誰だって苦手はあるのに、まったく意地の悪い花魁だな。あまりくよくよしないで、腹一杯食えよ」

直吉が傍に寄って来て、励ますように深雪の肩を叩いた。

「ありがとう」

顔を背けるようにしながら、深雪は短く答えた。今直吉とまともに視線を合わせなどしたら、思いの丈をすべて吐き出してしまいそうだった。深雪は喉元まで出かかった言葉を無理に呑み込んだ。

「……」

深雪の常にあらざる振舞いに直吉は釈然としない表情を見せたが、気を取り直したように台の物の残りに箸を伸ばした。けれども直吉自身も食が進まないようで、ほとんど口にしないうちに箸を置いた。

口を半開きにしたまま、直吉は放心したように中空を見つめている。その瞳はかつての爛漫（らんまん）たる輝きを失い、ビードロ玉のように平板な光を放つのみであった。深雪は先夜と同様無言で直吉の横顔を見つめていたが、胸中を占める感情はまったく別種のものへと化していた。

「ああ、そうか」

不意に転寝（うたたね）から覚めたかのような呆（ほう）けた表情で直吉が話し掛けてきた。

「水揚のことが心配なんだな。空蝉花魁の一件のせいで先延ばしになっちまったからな。でも、焦らなくていいさ。きっと御亭様が飛び切りの旦那を見つけてくれるよ」

「うん、そうだね……」

面を伏せたまま、深雪は力のない声で呟いた。

*

（はて、全体いかなるわけか……）

このところ木島は始終首を傾げてばかりいる。深雪との面会が一向に叶わないからだ。

相模屋を訪れた日は既に夜見世の準備が始まって多忙な頃おいだったから致し方なかったとしても、その後使いを幾度送って催促しても深雪の返事は常に、

「否」

であった。花見の書入れ時で天手古舞だからかとも考えたが、さすがにこれは奇妙だ。何か仔細があるのではと木島が訝っていると、十日ほど過ぎた後ようやく深雪の方から面談を求める文が届いた。

欣喜雀躍した木島は、翌朝勇んで九郎助稲荷に駆けつけた。伏見町で起きた家尻切りに対処していたために四半刻ばかり刻限に遅れてしまったので、

「すまぬ、いかい待たせた。出し抜けに喫緊事が出来したものでな」

木島はそう詫びを述べたのだが、深雪は打ち沈んだ顔色で、

「いえ」

と、短い応えを返しただけだった。肩を落として足元を見つめ、いっかな口を開こうとはしない。

自分から文を寄越して木島を呼び寄せておきながら一体何だと、木島は苛立ちを覚えた。憤懣の言葉が喉まで出たが、深雪の尋常ならざる表情を見た木島は思い直して、

「もう桜の季節は終わりだな」

話の接ぎ穂を探るように、まずは世間話を口にしてみた。

「仲ノ町の桜もすっかり片づけられてしまった」

するとその時怱卒に深雪が顔を上げて、木島を真っすぐに見つめた。

「一つお願いを申し上げてもよろしいでしょうか」

「藪から棒にどうした」

少々面喰(めんくら)いながら木島が問い返すと、深雪は唇を震わせながら固い声で、

「木島様に是非ともお調べいただきたいことがございます」

木島を見据える深雪の瞳は、一条の光も届かぬ深い井戸底のような暗黒を湛(たた)えていた。

＊

「まだ四月だっていうのに、何て暑さだ」

額に浮かんだ玉のような汗を袖で拭いながら、直吉はしきりにぼやいた。

「このままじゃあと半里（約二キロメートル）も歩かないうちに、すっかり干上がっちゃうよ」

雲がわずかに一つ二つ浮かぶだけで真っ青に澄み渡った空から、肌を刺すような強烈な日差しが遮蔽物(しゃへいぶつ)の皆目ない田圃の中の一本道に降り注いでいる。時折思い出したように吹くわずかな微風が唯一の救いだった。

「それで、そもそもどこまで使いに行くんだ？　御供しろって御亭様に言われただけで、行き先は聞いてないんだ」

「もう少し」

深雪はぶっきらぼうに短く答えた。直吉は不興顔になったが、それ以上何を尋ねても無駄と思ったらしい。口を噤んで俯いたまま、暫しの間黙々と歩を進めていたが、不意に思い出したように、

「考えてみれば、妙な話だな。なんで新造のお前が使いに出されるんだ。いくら俺を御供に付けて監視させたって、隙を見て足抜けされちまうかもしれないんだぞ。こうも無造作に新造を大門から外出させた例なんて聞いたこともない。一体何の用なんだ」

「もう少しだから」

何を尋ねられても、深雪は同じ答えを繰り返すばかりだった。

それから四半刻近くが過ぎた頃、不意に前方の景色が一変した。百本近くもあるだろうか、横倒しになった喬木（きょうぼく）の幹が広大な空き地の中に累々と横たわっている。あたかもそこにあった森だけを大嵐が襲い、すべての木をなぎ倒したかのように見えた。

「これは……」

呆然とした色で直吉は呟いた。

「そう、仲ノ町に植わっていた桜よ」

前を歩いていた深雪がにわかに振り返り、静かな声で告げた。

「なぜこんな所に……」

「私も知らなかった。抜かれた後、薪や材木として売られるまではこうして保管されているのね。初めて来たわ」

「いや、なぜこんな所に俺を連れてきたのかと俺は聞いてるんだ」

「その理由は直吉さんが一番よく知っているはず」

「さあ、何のことだかさっぱりわからないな」

直吉は強がるように両肩をそびやかした。しかし血相は土気色となり、目がせわしなくあちこちに泳いでいる。

「清十郎様の遺体が見つかった時、直吉さんはどこにいたの？」

「なぜ今になってお前がそんなことを訊くんだ」

不満気に直吉は口を尖らせたが、

「まあいい、答えてやる。騒ぎを聞きつけて慌てて二階に駆けつけたんだが、ちょっと出遅れちまったからな。みんなの後ろの方に立っていたよ」

「嘘！　あの時直吉さんは突然横手の方から現れたじゃない。御亭様の後に付いて入って来たように見せかけただけだったのよ」

「何を寝惚(ねぼ)けてるんだ。まさか俺が下手人だと言いたいんじゃないんだろうな」

「ええ、清十郎様を殺めたのは直吉さんよ」

「何をたわけた――」

「身請けを強要されて二進(にっち)も三進(さっち)も行かなくなっていた空蝉花魁と清十郎様は、万(ばん)止むを得ず心中を決意した。直吉さんは日頃から花魁に」

そこで深雪は寸時言い淀(よど)んだが、すぐに決然とした口調で、

「花魁に思いを寄せ、花魁を見つめ続けていた。だから二人が心中を決行しようとしているとすぐに勘付いて、何としても阻止してやろうと決意したのよ。あの夜の直吉さんの行動は次のようなものだったと思う。もし間違っていたら、そう言って頂戴ね。

暁八つ少し前、直吉さんは寝床をこっそりと抜け出して二階に上がった。するとちょうどその時、あるいは中の様子を廊下から窺っている時、花魁が裏口から出て厠に向かうのが見えた。おそらく花魁は亡くなった時に粗相をしては無様だと思い、決行する直前に用を足すことにしたんでしょう。

その隙に直吉さんは花魁の部屋に入り込んだ。直吉さんは普段から色々な雑用を押し付けられていて、不寝番の手伝いをさせられることもよくあったから、万

一侵入するところを誰かに目撃されても怪しまれる恐れはなかった。

そうそう、直吉さんは忍び込む前に、ギヤマンの花瓶を割って裏口近くの廊下に欠片をばらまいておいた。そうすれば、足袋も上草履も履かない花魁はいつも裸足なので、立往生してしまって戻れなくなるから。さらに直吉さんは念を入れて、清十郎様と対峙（たいじ）している間邪魔が入らないように内側から心張棒を戸に支った。

そして――」

炯々たる眼光で、深雪は直吉を射竦（いすく）めた。

「清十郎様の持っていた匕首を奪い、殺害した。おそらくいきなりそうしたわけではなく、その前に心中を取りやめるように一応の説得はしたはず。けれど清十郎様は頑（かたく）なに首を縦に振ろうとはしなかった。やむなく直吉さんは凶行に及ばざるを得なかった。

ところが直吉さんの思惑違いだったのが、不寝番の二人が予定の暁八つより早くやって来てしまったこと。ギヤマンの花瓶が割れた音を耳にして不審に思ったためよ。その結果、直吉さんは雪隠詰（せっちんづ）めになってしまった。

騒ぎを聞きつけて集まってきた御亭様たちが今にも飛び込んできそうな気配

だったけれど、直吉さんは咄嗟に起死回生の策を講じた。行灯は一つしか置かれていなかったから、明るく照らされているのは部屋の真ん中辺りだけだった。直吉さんは隅の方の暗がりに身を潜めて、皆が部屋に入って来ると同時に飛び出し、自分も発見者の一人であるかのように装ったのよ」

行灯の照度は極めて低い。部屋の四隅まで隈なくはっきりと照らし出すことはできず、その闇の中にうずくまっていれば見つけられてしまう恐れは皆式ない。

「料簡違いもいいところだ。だったら凶器はどこに消えたんだ。お前の言うとおりならまだ花魁の部屋の中にあったはずなのにどこからも見つからなかったし、もちろん俺も持っていなかったんだから――」

そこで直吉は大きく目を見開いて、

「まさかあの時点でもう俺のことを疑っていて、皆の持ち物を検めようと御亭様に申し出たのか」

「はっきりと見当が付いていたわけじゃないけれど、直吉さんの登場の仕方が不自然だったから、念のためと思って……」

直吉は苛立たし気に舌打ちして、

「ともかく俺も含めて誰一人刃物の類は持っていなかった。おかしいじゃないか」

「窓から外に投げ捨てたのよ」

「道の上に落ちるだけだから、簡単に見つかってしまうぞ。でも、そんな物はどこにもなかったはずだ」

深雪は足元近くに横たわっている一本の桜の木を指差した。

「木島様にお願いして、これを見つけていただいたのよ」

一本の匕首が幹に刺さっていた。長い間風雨に晒されていたためか、刃に赤錆が浮いている。直吉が大きく息を呑んだ。

「あの夜はまだ仲ノ町に桜が植えられている時期だった。連子の間から桜の木に向かって匕首を投げ、幹に刺したのよ。二階の窓のすぐ近くに木が立っていたから、特別の技量がなくても難しい話ではなかった」

「そんな所に刺したんじゃ後で匕首を回収できないぞ。刺しっ放しになって、見物客が気づいちまうじゃないか」

「確かにその難点はあるわ。でも見物客が注目しているのは桜の花だけ。目に留まる心配は小さいし、見つけたところで植木屋が剪定（せんてい）に使ったものを置き忘れたのだろうと思う程度のはず。

桜を片付ける時に植木屋が気づくかもしれないけれど、まさか事件に関係があ

ると は考えないでしょうから、何の気遣いもないわ」

直吉は口を開きかけたが、すぐに閉じてしまった。唇を噛んで、深く俯いている。

「心中を止めさせさえすればよかったのに、なぜ命まで……もちろん清十郎様は直吉さんの申入れを断固として拒絶したのでしょうけれど――」

「その逆だよ」

直吉は顔を上げて、口元を歪めながら冷笑した。

「俺が心中を中止するように迫ったら、あいつは一も二もなく、『わかった、お前の言うとおりにするよ』と、あっさり頷いた。土壇場で怖気づいたんだ。

『空蝉にあんまり強く迫られたから、今日は仕方なく登楼しただけなんだ。本当は心中なんて真っ平御免だよ』

あいつは抜け抜けと、そうぬかしやがったんだ。その言い草を聞いた途端、俺は頭にすっかり血が上っちまった。

それじゃ花魁があんまりにも可哀想（かわいそう）じゃないか。こんな腑抜けに本気で惚れ込み、こんな臆病者のために命を捨てようとしていたのか、ってね。

そこから先のことはまるで覚えちゃいない。気づいた時にはなぜか俺が匕首を手にしていて、あいつの背中に深々と刺さっていた。後はみんなお前の言うとおりだ」

その時直吉ははたと思いついたように、

「花魁とおくまさんの件に関しては、俺は無関係だ。何も知らないぞ」

「うん、それはわかってる。おくまさんを殺めたのは花魁よ」

「何だって？　花魁が下手人だって言うのか」

「おくまさんも二人が心中を目論んでいることに勘付いたのよ。けれど不寝番以外は花魁と客が同衾中の部屋に立ち入ることはできない。踏み込むためには相当の確証が必要だけど、おくまさんにはそこまでの自信がなかった。廊下に立ち竦んでどうすべきか迷っていると、折好く花魁が用を足すために部屋を出て来た。此れ幸いとおくまさんは花魁の袖を引っ張って、無理矢理行灯部屋に引き入れたのよ。

おくまさんが厳しく問い詰めると、案の定花魁が心中の計画を白状した。強い言葉で止めるよう説得したけれど、もちろん花魁は同意しない。

『だったら、御亭様に言いつけてやる』

と言い捨てて、おくまさんが階下に向かおうとした。我を失った花魁はその場に落ちていた扱きを拾うと、背後からおくまさんの首を絞めてしまった。

——きっとこんな具合だったと思うわ」

「一応話の筋は通っているが、全部お前の想像じゃないか。何か証(あか)しはあるのか」

「ええ、あるわ。おくまさんは『死に際の伝言』を残していたのよ。こんなふうにして」

深雪は右手の親指と人差し指を折り曲げ、中指、薬指、小指の三本を伸ばした形にして直吉に見せた。

「下手人は空蟬花魁だと、おくまさんは示したのよ」

「なんでそんな意味になるんだ」

「源氏香よ」

源氏香の五十二種の図には源氏物語の各帖の名が付けられているが、例えば〈空蟬〉は次のような図で表わされる。

右側の縦線から順番に、一炉、二炉、三炉、四炉、五炉の香を表わし、〈空蟬〉の場合、上方で繫がっている一炉と二炉が同香であることを示している。

「遣手は元花魁がほとんどで、おくまさんもそう。だから当然源氏香も熟知していた。おくまさんは親指を一炉、人差し指を二炉というように、右手を源氏香の図に見立てた。親指と人差し指を曲げ、残りの三本を伸ばすことによって〈空蟬〉の図を表わそうとしたのよ。

本当は文字で『空蟬』と書き残せれば良かったけれど、まさに息の根が止まろうとする中ではそれが精一杯だったんだわ」

直吉は自分でも右手の五本の指を曲げ伸ばししてみてから、

「なるほどな。お前の言うとおりに違いない」

と納得したように頷いたが、同時に空蟬が人殺しだったという事実に小さくはない衝撃を受けている様子だった。

「まさかの事態に時間を食ってしまったと焦りながら、花魁は行灯部屋を飛び出した。ところが裏口の手前で、思いもかけず立往生してしまった。ギヤマンの花瓶が割られ、その欠片が廊下一面に散らばっていたのよ。

裸足の花魁は通ることが丸切りできない。どうしたらよいかと途方に暮れたその時、階下から御亭様たち大勢が駆け上がってきた。手すりの陰に身を潜めて様子を窺っていると、自分の部屋から何やら騒ぎ立てる声が聞こえてくる。

しばらくして若い者たちがどやどやと表口の方から廊下に出てきて、

『お夏清十郎でもあるめえし、清十郎って名の野郎は人騒がせな奴が多いな』

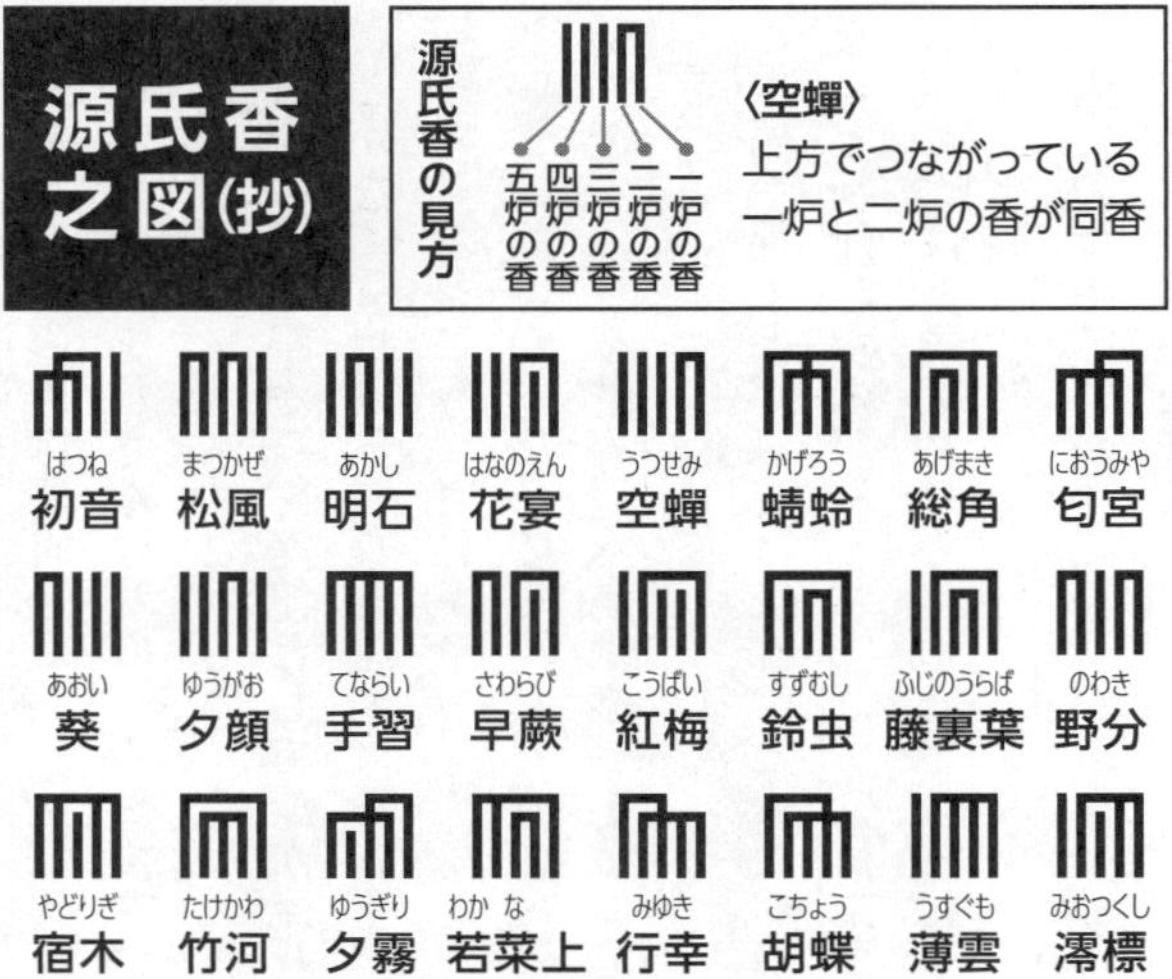

源氏香之図(抄)

源氏香の見方

一炉の香　二炉の香　三炉の香　四炉の香　五炉の香

〈空蝉〉
上方でつながっている
一炉と二炉の香が同香

初音(はつね)	松風(まつかぜ)	明石(あかし)	花宴(はなのえん)	空蝉(うつせみ)	蜻蛉(かげろう)	総角(あげまき)	匂宮(におうみや)
葵(あおい)	夕顔(ゆうがお)	手習(てならい)	早蕨(さわらび)	紅梅(こうばい)	鈴虫(すずむし)	藤裏葉(ふじのうらば)	野分(のわき)
宿木(やどりぎ)	竹河(たけかわ)	夕霧(ゆうぎり)	若菜上(わかな)	行幸(みゆき)	胡蝶(こちょう)	薄雲(うすぐも)	澪標(みおつくし)

『空蝉に逃げられて、仕方なく自分一人で死んじまったんじゃねえのか』

などと口々に愚痴を零した。

しまった、遅かったと、花魁は臍(ほぞ)を噛んだことでしょう。自分がもたついていたばかりに、待ちきれなかった清十郎様が早まって一人だけで自裁してしまったのだ、と。

花魁は後を追うことを直ちに決心した。そして迷うことなく手すりを乗り越え、階下に身を投げたのよ」

直吉は口を真一文字に引き結んだまま面を伏せ、何もない地面を凝視し続けている。やにわに両手で頭を抱えると、直吉はその場に頽(くずお)れた。

「俺が花魁を殺したんだ！」

悲痛な声で直吉は絶叫した。

「俺が清十郎を殺さなければ、ギヤマンの花瓶を割って足止めしなければ、花魁は死なずに済んだんだ！」

直吉の両の眼から、滂沱（ぼうだ）として涙が流れ落ちる。直吉の慟哭（どうこく）はいつまでも止むことがなく、掛ける言葉を見つけられずに深雪は緘黙（かんもく）し続けた。

「そろそろ行こうか」

いつの間にか木島が姿を現し、直吉の傍らに立っていた。横倒しになった桜の幹の後ろに身を潜め、木島は機会を窺っていたのだ。

「立つんだ」

木島が促すと、直吉は抗うこともなく静かに立ち上がった。そこまでの必要はないと判断したのだろう、木島は直吉に縄を掛けることはなかった。木島が廓の方に向かって歩み始めると、直吉はよろぼいながらも素直にその後ろに付いていく。

「さよなら」

直吉の背中に向かって深雪が声を掛けた。

「また再会する日まで」

怪訝な顔で直吉が振り向いた。直吉は十五を超えているので、『公事方御定書』に定められた年少者に対する減刑措置の対象外である。極刑を免れることはできず、深雪と再び顔を合わせる機会など金輪際あり得ないはずなのだ。

「いずれ私も直吉さんと同じ場所に参ります。遠い約束だけど、今誓っておくわ」

狐につままれた色で直吉は少時その場に立ち尽くしていたが、

「さあ、行くぞ」

と木島に肩を押され、再び蹌踉と歩き始めた。

深雪は微動だにせず、あらゆる感情が失われた虚ろな目で二人を見送った。

＊

高さが七寸（約二十一センチメートル）近くもある三枚歯の高下駄を履いた深雪の右足が外側に大きく振り出され、半円を描きながら前方に着地する。続いて左足。遠く承応明暦の頃、名妓勝山が考案したとされる外八文字という歩き方だ。

姉女郎の宿木が深雪を先導し、深雪の後には数多の新造や禿が付き従っている。総勢二十名近い豪華絢爛の花魁道中を、仲ノ町を埋め尽くした大観衆は言葉もなく称賛と感嘆の眼差しで見つめるばかりだった。

（これは……）

人垣の後方から深雪を見やった木島も、我知らず息を呑んだ。

今日は七日間に亘る深雪の道中突出しの初日である。披露目のために姉女郎に率いられて仲ノ町の茶屋を回っていくのだが、初めての道中とは到底思えぬ悠揚として威風堂々たる深雪の歩きぶりだった。今日のために余程修練を重ねたに違いない。

深雪は豪奢燦然たる緞子の打掛を身に纏い、横兵庫に結った髷には煌びやかな簪や櫛が数え切れぬほど林立している。先を歩く宿木が丸切り霞んでしまうほどの美貌と気品だった。

深雪の艶姿に木島が呆然と見とれていると、

「大した眼福ですな」

背後からそう声を掛けられた。振り返ると、三河屋の隠居の富右衛門であった。

「これほど壮麗な道中突出しは初めて見ました」

溜息を吐きながら目を細める富右衛門の恵比須顔を、木島は少々複雑な心境で眺めた。深雪の水揚役は、結局この富右衛門が担ったと木島は聞いていた。いかなる訳か、突然深雪が富右衛門で構わないと承服したらしい。

すると木島の心中を読んだかのように、

「そう言えば、深雪は私が初めての男ではありませんでしたよ」

と、富右衛門が苦笑いを浮かべた。

「もう他の男で水揚を済ませていたのに深雪は未だ新鉢(あらばち)だと相模屋さんは偽り、私にも声を掛けてきたのでしょう。まあ、何しろ向こうも商売ですからな。『御強(おこわ)に掛けたな、金を返せ』などと野暮を申すつもりはありませんが」

木島は覚えず首を傾げた。水揚の場合通常よりも多額の実入りが得られるので、これが初めてだと欺いて複数の客に妓楼が水揚を依頼する事例は過去にもあった。しかし、握り屋ではあるものの実直な性合の彦蔵がそんな阿漕(あこぎ)な真似をするだろうか。それともよもや深雪には言い交した男がいて、彦蔵の目を盗んで密かに情を通じていたのだろうか。

ふと気がつくと、今まさに深雪が木島たちの前をゆっくりと通り過ぎようとしていた。不意に深雪の視線が横に動き、木島と目が合った。艶然と深雪は微笑む。牡丹(ぼたん)の大輪のように美々しい笑顔だった。

だがそれも一弾指のことで、すぐさま深雪は視線を行く手に戻した。そして眦を決して正面を見据え続け、二度と振り返ることはなかった。

三の控　炎情

「久方振りだな、深雪――いや、今は夕顔であったか」

昼下がりの九郎助稲荷。暖かな日差しがいっぱいに降り注ぎ、雀や鳩(はと)が盛んに地面をつついている。

廓内巡回は日に二度行うが、午前中の見廻りの際、木島は九郎助稲荷の前で深雪改め夕顔に出くわした。突出しを終えて花魁に栄達した深雪は、今度は源氏名を深雪から夕顔へと変えたのである。

このところ吉原は平穏無事な日々が続き、夕顔に相談を持ち掛けねばならぬような事件は何も出来していない。また夕顔は花魁へ経上がって何かと多忙な身であったから、二人が顔を合わせるのは先々月以来のことだった。

昼見世が始まるのは昼九つ（午後零時頃）からだ。朝四つに二度寝から目覚めた花魁にとってそれまでは自由時間となるから、夕顔は何か願掛けにでもやって来たのだろう。

「どうだ、最近の塩梅は」

「はい、慌ただしい日々が続いておりますが、皆様の御力添えで恙なく」

溌剌とした声で夕顔は答えた。

二人の交わりがそれなりに深まってきたためか、それとも花魁となって心境に変化があったためか、夕顔が身に纏う雰囲気は随分と温柔なものに変貌していた。以前のように瞳の中に不可思議な光を見たり、目に見えぬ透明な壁の存在を感じたりすることは最早ない。

夕顔は和やかな笑みを浮かべながら、

「新しく部屋を頂戴したのですが、天井のどの辺りにいくつ節穴があるのかすっかり覚えました」

思わず木島は首を傾げた。花魁に昇格すれば、最下級の〈部屋持〉でも個室が与えられる。その部屋の天井のことを指しているのだろうが、天井の節穴の数がどうしたと言うのだろうか。

「それから中庭側の天井の木目が一続きに繋がって、くねくねと七曲りしています。故郷の村を流れる黒川を荒沢峠から見た時の形と丸切りそっくりなんです」

夕顔が何を言わんとしているのか、ますます理解できない。故郷を連想させる物を見て里心が付いてしまったと訴えたいのか。そもそもなぜそんなに天井を注視しているのだろうか。

当惑すること頻りの木島は、話の接ぎ穂を失って口を閉ざした。しかしその時、最近耳にしたある噂のことをふと思い出し、

「小耳に挟んだのだが、近頃大坂の妓楼から相模屋に移ってきた花魁がいるそうだな」

と、尋ねてみた。夕顔は大袈裟に目を見張って、

「おや、小耳どころか相変わらずの地獄耳。乙女さんのことでございますね」

先月大坂の新町遊廓から一人の遊女が相模屋にやって来た。名は乙女と言う。

「大層お美しい方でございますが、あまり目移りばかりしていると角を出す方がいらっしゃるのではないですか。例えば桔梗屋の初音さんとか。木島様と初音さんのことが、少なくない方の口の端に上っているようですよ」

「たわけ、初音とは巡回の途中で幾度か長話をしたことがある程度だ。それを吉原雀どもが面白おかしく吹聴しおって。面番所に勤めている以上この吉原で起きたことは委細承知しておかねばならんから、嫌々ながらでも遊女たちの愚痴や繰

り言に耳を傾けてやらねばならんのだ」

いささか言い訳がましいなと自覚しつつも、木島は懸命に反駁した。そして、夕顔が再び口を開く前に急いで、

「それにしても遥々大坂からとは、甚だ珍しい事例ではなかろうか」

「ええ、私も今まで聞いたことがございません」

借金の扱いなどが面倒になるため、遊女が勤めている見世を変わることは滅多にない。ましてや大坂から江戸に転籍するなど、極めて異例と言える。

「いかなる行く立てがあったのか、御主は聞いておるか」

「さあ、存じません。乙女さんは新町で播磨屋という妓楼にお勤めだったのですが、何でも乙女さんがたって願い出て、それが聞き届けられたそうです」

彦蔵がまだ見世を継ぐ前、一人で伊勢参りに出たことがあった。無事参詣を終えた彦蔵は、後学のためと称して京の島原、さらに大坂の新町まで足を延ばした。新町では播磨屋に登楼したのだが、水に当たったのか彦蔵が腹下しに苦しんでいたところ御主人に親切に介抱してもらったのだという。

「恩義のある播磨屋さんからの頼みを御亭様は断れなかったとのことです」

実を言えば、夕顔は乙女本人に江戸にやって来た理由を直接尋ねてみたことが

あった。乙女のある行動がいささか気にかかっていたからだ。

各妓楼の一階には、通りに面して格子張りの座敷が設けられている。そこに遊女たちがずらりと勢揃いし、格子に群がる遊客から敵娼に指名されるのを待つ。これを張見世と言う。

乙女は新町では上位二番目の天神の地位にあり、これは吉原では昼三に当たる。張見世は階級順に座に就く仕来りなので、乙女は中央に着席した御職の花魁の隣にどっしりと構えているのが至当である。

ところが乙女はまるで新米のように格子に取り付き、あられもなく格子の外に腕を伸ばして声を上げた。しかも何とも奇異なことに、自分の客として登楼するよう誘引するわけではなかった。

乙女は町人には見向きもせず、武士が通りかかると誰彼構わず、

「もしや古河藩の佐藤様ではありんせんか。佐藤様を御存じありんせんか」

と、ひどく切迫した声色で問い掛けるのである。格子にしがみ付くようにして間から顔を突き出す様は、皆式見てくれの良いものではなかった。

どうやら人探しをしているらしいが、将軍お膝元の江戸には旗本御家人のみならず、全国三百藩の江戸詰の武士が蝟集している。目当ての人物が確実に吉原を

訪れて相模屋の前を通り掛かるという保証があるなら話は別だが、そんな闇雲かつ迂遠な仕方では優曇華ほどの僥倖に恵まれでもしない限り奏功するわけがない。

案の定返ってくるのは否定の応えばかりで、その度に乙女は肩を落とし、大息するのが常だった。そんな調子だから毎日一人の客も捕まえることができず、乙女はお茶を引いてばかりという有様だった。

無様な真似は止めるようにと彦蔵がきつく咎めたものの、乙女はてんで馬耳東風だったらしい。

「佐藤様とは乙女さんの思い人でございますか」

そう夕顔は問うてみたが、乙女は首を傾げるだけで口を開こうとしない。

「その方を探すために江戸にいらしたのですか」

夕顔はさらに踏み込んで尋ねたが、

「野暮なことは言わんとってください」

乙女ははぐらかすように曖昧な笑みを浮かべただけだった。それ以上深く詮索するのも躊躇われたので会話はそこで打ち切りとなり、以後二人の間で話題に上ることはなかったのだが――

「乙女さんの真意は何処にあるものか……何やら妙な胸騒ぎがしないでもござい

ません」

「ふむ、なるほどな。何か仔細がわかったら知らせてくれ」

確かに木島も気掛かりではあったが、まだ見廻りを続けなければならないため話を打ち切り、夕顔とはそこで別れることにした。

＊

夕顔の懸念が的中する出来事が起こったのは、その五日後のことだった。

その夜は花魁の松風が佐藤という名の古河藩士を客にとっていたのだが、乙女が松風の部屋に突如乱入したのだ。

「古河御家中の佐藤様でありんすか！」

飛び込んでくるなり、乙女はそう金切り声で絶叫した。同衾中だった二人は石のように固まり、唖然として言葉を失った。

「い、一体藪から棒に、な、何だ御主は」

我に返った佐藤がようやく支えながら問うと、

「早蕨(さわらび)姉さんをご存じでありんすね」

「早蕨？　誰だ、それは」

佐藤が首を捻ると、乙女は眦(まなじり)を決して、

「大坂の新町遊廓〈播磨屋〉にいた早蕨姉さんでありんす。主様が早蕨姉さんの馴染であったことを忘れたとはよもや言わんせんよ」

「さような遊女など露も知らぬ。第一、わしは大坂なぞには行ったことはない」

「しらばくれても無駄でありんす。主様が早蕨姉さんを殺したのでありんしょう」

松風を手荒く押しのけると、乙女は鬼の形相で佐藤に迫った。

「さあ、御武家様なら潔く白状しなんし！」

乙女の怒声は相模屋中に響き渡った。若い者が幾人も駆けつけ、乙女をたちまち松風の部屋から引きずり出した。

「放せ、放せ！」

羽交い締めにされながらも、乙女は口汚く喚き続けた。花魁にあるまじき乙女の無体な振舞いに彦蔵は激昂した。乙女は半ば客人のような扱いなので厳しい折檻を加えることこそ思い止まったものの、彦蔵は乙女を食事抜きで行灯(あんどん)部屋に押し込めた。

思う所のあった夕顔は懸命に取り成し、その甲斐あって二日後に乙女は監禁から解放された。

「申し訳おまへん」

乙女は青菜に塩の態で、深々と頭を下げた。

「とんだ早とちりやった」

件の侍は佐藤という名の古河藩士であることに違いはなかった。しかし乙女が探していたのは、佐藤は佐藤でも刀番の佐藤又左衛門。一方、松風のもとに登楼していたのは徒士頭の佐藤治兵衛であった。

「古河藩の佐藤という方がいらしたと聞きつけ、ようやく探し当てられたと思い込んでもうて、矢も楯もたまらず……」

「人違いであったのはわかりましたが、一体いかなるわけであのように非礼な真似をなさったのですか」

客と同衾中の遊女の部屋に押し入るなど凡そ許されざる所業であることは、乙女とて百も承知のはず。にもかかわらず乙女があのような暴挙に出たのは、裏によほどの事情があったに違いない。江戸下りの不可解な経緯も含め、是非に乙女を問い質しておかなければならない。

「仇を討ちたいんや」

「仇？」

「ええ、何としても早蕨姉さんの仇を討たなあかんのです」

「早蕨姉さんとはどなたですか？」

「うちが新町の播磨屋にいた時の姉女郎です。早蕨姉さんは戦に巻き込まれて亡くなったことになっとりますが、本当は佐藤が下手人に違いおまへん」

「真ですか」

我にもなく夕顔は息を呑んだ。何とも穏当ならざる訴えである。

「下手人ということは、早蕨さんは佐藤様という古河藩士に殺されたと？」

「よしんばそうでなかったとしても、一件に佐藤が何かしら手を貸していることは確かでです。古河藩が藩ぐるみで真相を闇に葬ったんや」

「穏やかな話ではありませんね」

到底聞き捨てにはできない。夕顔は形を改めながら、

「詳しくお聞かせ願えますか」

「あれは大塩様が決起した日のことでした」

「大塩様と言うと、あの丁酉の年の？」

——天保八年（一八三七）二月十九日朝、大塩平八郎が〈救民〉の旗印を掲げて大坂で挙兵した。天保の飢饉で苦しむ民を顧みぬ幕府と特権豪商を誅伐するた

めである。反乱は一日足らずで鎮圧されたが、大坂東町奉行所の元与力である大塩が反旗を翻した事件は幕府に大きな衝撃を与えた。

「うちはその時は新町に来てまだ間もない禿やった。他の太夫の御供をして茶屋にお客さんを出迎えに行っていて、播磨屋にはおらへんかったんやけど」

乙女は後刻、以下のような次第だったと主人から聞かされた。

その日、早蕨は前日から居続けしていた佐藤と一緒に自室にいた。佐藤は古河藩の大坂蔵屋敷に勤めていたが、玄人素人を問わず幾人もの女性と浮名を流す粋人として斯界に名を馳せていた。だがその時分は遊女の早蕨にぞっこん惚れ込んでしまい、どうやら年貢の納め時のようだ、身請けは無理でも早蕨の年季が明けた暁には夫婦となる約定を交わしたらしいと専らの噂であった。

夕七つ少し前、大塩軍の残党が播磨屋に逃げ込み、二人がいた部屋の隣室に立て籠った。それを追って古河藩兵が播磨屋を取り囲み、銃撃戦が開始された。そしてほどなく、早蕨は運悪く流れ弾を受けて死亡してしまったのである。

「単なる事故——公にはそういう結論が下されました」

「けれども、真相は違うと乙女さんはお考えなのですね。その拠り所は何ですか」

「早蕨姉さんの居室は二部屋あるんやけど、撃たれた時早蕨姉さんは奥の間におって、佐藤がおった庭側の部屋との境にある襖は閉じられていたはずやったんや。せやのに、襖には一つも穴が開いてまへんでした。鉄砲の弾が外から飛んできたのなら、襖が無傷なわけがあらへん」

「襖は開いていなかったと断言できるのはなぜですか」

「早蕨姉さんの遺体が奥の間で発見された時、襖はしっかりと閉められてました」

「亡くなられた後で、誰かが――おそらくは佐藤様が閉じられただけのことではないですか」

「ちゃいます。佐藤の仕業やおまへん」

「なぜそうと言い切れるのですか」

「単に閉まっていただけちゃうんや。奥の間の外から襖を動かすこと自体が誰にもできまへんでした。内側から心張棒が支うたったんやさかい」

「内側から心張棒が？」

夕顔は目を見張った。

「その奥の間には早蕨さん以外誰かいたのですか」

「いえ、早蕨姉さん一人が倒れていただけやったそうです」

「しかし、そうなると……」

夕顔は眉根を寄せて考え込んだ。

閉じられていた境の襖に穴が開いていなかったのなら、確かに戸外からの流れ弾が当たったとは考えられない。屋内にいた誰かが早蕨を撃った、そしてその誰かとはすぐ近くにいた佐藤であると乙女が考えるのも当然だ。しかし内側から心張棒が支ってあったのならば、事はまったく違う様相を帯びる。

それでは佐藤であろうと誰であろうと、早蕨を殺害することは掻い暮れ不可能だったことになってしまうではないか。逃げ出た後で部屋の外から心張棒を支うことなどできるはずがないのだから。

（とすれば――）

すべてを説明しうる結論は一つしかない。

「早蕨さんは自死なさったのではないでしょうか。それなら襖に穴がないことにも、内側から心張棒が支ってあったことにも説明がつきます」

「早蕨姉さんは自死する理由なんてこれっぽちも持ってまへんやった」

口角泡を飛ばすように、乙女は抗弁した。

「第一自死したなら鉄砲が部屋の中に残されていたはずですけど、そんな物はどこにもおまへんでした」

「なるほど」

その点に関しては、乙女の主張に理があった。夕顔は問いの方向を変えて、

「心張棒の太さはどれくらいでしたか。糸か何かを巻きつけたような跡はありませんでしたか」

下手人は部屋の外から何らかの細工を施して心張棒を支ったのかもしれない。しかし乙女は首を横に振って、

「さあ、存じまへん」

「早蕨さんが撃たれた場所は、本当に奥の間だったのでしょうか。もしそうなら、その部屋には相当に血が飛び散っていたと思われますが、どの程度の量が残されていたでしょうか」

「そこまで細かいことは聞いとりまへん」

「そうですか……確かに不可解な点が多いようですが、これ以上の推量を進めるには糸口が乏しすぎますね」

「申し訳おまへん」

乙女はしょげた顔をしたが、すぐに気を取り直したように、

「でも、佐藤が下手人なのは間違いおまへん。早蕨姉さんの掌に土鈴（どれい）が握られて

いたのが何よりの証しや」

「土鈴？」

「早蕨姉さんは一件が起きる一月ほど前、佐藤と連れ立って住吉大社に詣でたことがありました」

江戸時代後期ともなると、新町の遊女にはかなりの程度行動の自由が認められていた。籠の中の鳥である吉原の遊女とは異なり、廓外への外出制限も割合に緩かったのである。

「その時早蕨姉さんは、佐藤に肌守を買ってもらいました。そのお返しに早蕨姉さんは酉の土鈴を――酉は佐藤の干支やったんです――贈ったそうです」

古来土鈴は魔除け、厄除けの力を持つとされ、多くの寺社で頒布されている。

「早蕨姉さんはその酉の土鈴を握りしめていたんや。きっとその土鈴は佐藤が身に付けていて、早蕨姉さんは亡くなる間際にそれを奪い取り、下手人が誰かを教えようとしたに違いおまへん」

「なるほど。それは確かにあり得る話ですね」

土鈴は、下手人が佐藤であることを指し示す『死に際の伝言』だったというわけか。

「せやけど、事件の翌月に佐藤は突然江戸勤めになってしもうた。襤褸が出るのを恐れて、慌てて大坂から逃げ出したに違いおまへん」

乙女は唇をきつく噛み締めて、

「早蕨姉さんはうちの従姉やったんです。すぐ近所に住んでいて、実の姉妹みたいに仲良く育ちました。ほんまに面倒見のいい人で、姉さんの家かて貧しい暮らしやったのにうちのことを本当によう世話してくれはりました。うちが播磨屋に入ったのも姉さんに憧れて、後を追ってのことです」

「そうだったのですね」

「その早蕨姉さんが殺されたのに、何もせんと手を拱いているわけにはいきません。うちはずっと東下りを訴え続けてたんやけど、天神に上がってようやっと我儘を聞いてもらえました。せやから、何としても佐藤の罪を暴かなあかんのです」

「乙女さんの異例の鞍替えにはそうした事情があったわけですね。納得が行きました。けれども御武家様が相手となれば、なかなか一筋縄では……」

暫しの間、夕顔は俯いて何事か黙考していたが、

「古河藩となれば――もしや一件の詳細が調べられるかもしれません」

途端に乙女が瞳を輝かせて、

「えっ、ほんまでっか」

「少々時日を要するかもしれませんが。乙女さんもそれまで軽挙は慎み、事を私にお預けくださいませんか」

そう釘を刺した夕顔の言葉に、乙女は神妙な表情で素直に頷いた。

＊

十日後の朝四つ過ぎ。九郎助稲荷に再度夕顔と木島の姿があった。顰め面の木島は苦々しげに、

「とんだ手間を掛けさせおって」

「申し訳ございません」

「まあ、これまで御主にはいくつか借りがあるからな」

夕顔は朗らかな笑みを見せると、

「それで、いかがでございましたか」

「うむ、大方あらましは摑めた。古河藩の江戸藩邸御留守居役の宮崎修理(みやざきしゅり)様に御話を伺えたのだ」

昨夜木島は、根岸にある竹林に囲まれた閑静な茶屋で宮崎と落ち合った。

「ご足労いただき、誠に忝く存じます」

木島が頭を下げると、宮崎は鷹揚な笑顔を見せながら、

「いやいや、当方こそ町奉行所には何かと気遣いをいただいておるからな」

町奉行所の職務の対象は町人のみで、諸藩の武士を吟味、査問する権能は一切所持していない。だが実際には、藩士が町人相手に面倒を起こした時に大事にならないよう各藩は少なからぬ付届けを町奉行所に贈るなど、両者の間には常日頃から深い付き合いがあった。

「何より白井半左衛門の不始末では御迷惑をお掛け申した」

五兵衛殺しの一件で古河藩と談判した時、藩側の窓口となったのが宮崎であった。

「ところで本日の用向きでございますが」

木島は宮崎の盃に酒を注いだ後、軽く咳払いをしてから、

「大塩の謀反の際、新町の遊廓で起きた事案についてお伺いしたいと存じまして

……」

「うーむ、あの一件か」

瞬時に宮崎が眉を顰めたので、木島は慌てて、

「いえ、十年近くも前に落着している話を今さら蒸し返そうというつもりは毛頭ございません。実は只今詮議中の事件に少々関わりがあるかもしれませんので、参考までに仔細をお伺いしたいと考えただけでございます」

「ふむ、さようならば」

木島の釈明をあっさりと信用したようで、宮崎は一つ頷いてから、

「拙者はあの時大坂にいたわけではないので、吟味に当たった者から後日聞いた話なのだが——」

天保八年二月十九日朝、大塩平八郎一党が謀反を起こしたという急報が大坂城代で古河藩主の土井利位にもたらされた。利位は直ちに家老の鷹見泉石に鎮圧を命じた。

一日もたたぬうちに大塩の軍勢は瓦解し、大塩の門弟たちはちりぢりになって市中各地に逃げ込んだ。

夕七つ少し前、怪しい風体の一団が新町の青楼、播磨屋に押し入ったとの知らせが寄せられた。体のあちこちに傷を負って血を流している者ばかりとのことだったが、その中に大塩と思しき老年の武士が交じっているとの情報に色めき立った

鷹見は、直ちに捕手(とりて)を新町に差し向けた。

垣根を乗り越えて密かに中庭から播磨屋に近づいた古河藩兵に対し、やにわに鉄砲が撃ち掛けられた。どうやら池に面した東南の一室に大塩の残党が立籠っているらしい。

古河藩兵は即座に反撃に移ったが、太平の世が長く続いたために誰もが実戦経験は皆無である。ろくに狙いも定めずに、ただ闇雲に発砲するばかりだった。

「それゆえそのうちの一発がたまさか早蕨という遊女に当たってしまった、と」

木島が口を挟むと、宮崎は苦虫を嚙み潰したような色になって、

「どうやらそのようだったのだが、一緒にいた佐藤の言い条には釈然とせぬ点もあってな……」

早蕨の居室は、襖で二つの部屋に仕切られていた。二人は奥の間で同衾していたのだが、鳴り響く銃声に気づいた佐藤が、

「一体何事だ。様子を見てくる。御主はここにおれ」

と言って、中庭に面した表の間に出た。その時たまさか古河藩兵の放った銃弾が窓から飛び込んできて、佐藤の鼻先をかすめた。その刹那悲鳴が上がったので振り向くと、奥の間に残っていた早蕨が頭から血を流して倒れていた――

「かように佐藤は申し立てたわけだが」

「奥の間との仕切りの襖は閉じられたままだった。にもかかわらず銃弾による穴は開いていなかったと仄聞いたしましたが、『釈然とせぬ点』とはそのことですか」

「何とも耳が聡いな」

宮崎は苦笑しながら矢立を取り出すと、懐紙に何やら書き始めた。暫しの後宮崎に手渡されたその懐紙を見ると、どうやら早蕨の部屋の見取り図のようだった。

「この奥の間に早蕨は倒れていた。境の襖に近い方だ」

宮崎は見取り図を指差しながら、

「奥の壁のこの辺りには銃弾が命中した時の出血が飛び散り、一面が真っ赤に染まっていた。そこから三尺ほど離れた所に、早蕨に当たったものとは別のもう一つの銃弾がめり込んでいた」

「なるほど、それなら方角が一致しますね」

木島は頷いた。早蕨が死んだ時に奥の間にいたこと、その死の原因が戸外から飛来した銃弾であることは疑いがないようだった。

「穴がなかったのであれば襖は開いていたとしか考えられませんが、襖が閉めら

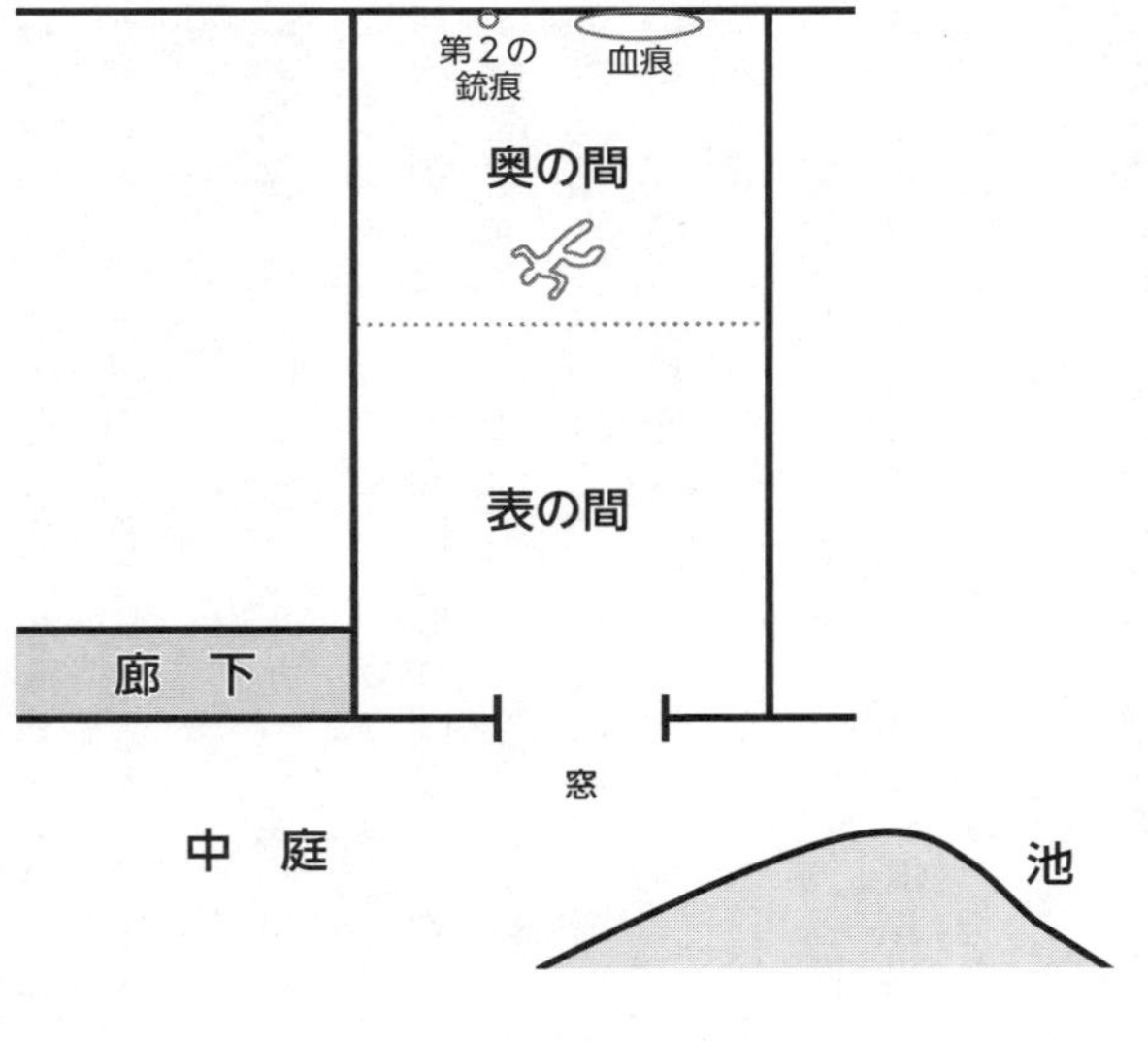

れていたというのは確かなのですか」

「早蕨の骸を発見したのは、楼主の喜兵衛だった。他の遊女たちは早々に避難していたのだが、早蕨は佐藤と同衾していたためだろう、異変に気づかず逃げ遅れてしまった。そこで喜兵衛は危険を顧みず早蕨の部屋に駆けつけた。ところが、いくら力を込めても奥の間の襖は何としても開かなかったのだ」

「内側から心張棒が支ってあったからですね」

「そうだ。やむなく喜兵衛は体当たりをして襖を押し倒して中に入ったのだが、そこで早蕨の変わり果てた姿を見つけたというわけだ。当然ながら外側から心張棒を支うことはできない。銃撃戦が始まって恐怖にかられた早蕨が奥の間に逃げ込み、襖を閉めてから誰も入って来られないように心張棒を支ったのであろう」

「その後で流れ弾が飛んできて、運悪く早蕨に命中してしまったわけですね」

「真に筋の通った推量だ――ただ一点、襖に穴が開いていなかったことを除けば」

眉を顰めながら木島は見取り図を見つめて、

「佐藤殿はその場に一緒にいたのですよね」

「喜兵衛が駆けつけた時には表の間にいて、ただ呆けたように素っ裸のまま無言で突っ立っていたそうだ」

「奥の間にいた早蕨に銃弾が当たった時には襖は開いていた。そしてその後に佐藤殿が襖を閉じたのであれば、穴の有無に関する問題は解決します」

「だがそうなると今度は、心張棒は早蕨以外の誰が支ったのかという話になる」

「無論奥の間にいたのは早蕨一人のみだったのですね。誰かが室内のどこかに隠れて、喜兵衛の隙をついて入れ違いに外に抜け出したということはありませんか」

「奥の間には押し入れなど身を潜められそうな場所は掛けてもなかった。そんな者がおれば喜兵衛が気づかぬはずがなかろう」

「では、撃たれた時早蕨は表の間にいたのではないでしょうか。泡を食って傷つきながらも奥の間に逃げ込み、何人も侵入させぬよう自分で心張棒を支ったのです」

「銃弾が当たった場所は、腕や足ではなかった。早蕨は頭の一部を吹き飛ばされていたのだ」

「何と、頭ですか……」

「必ずしも即死だったとは限らぬ。けれどもさまで深手を負いながら、さように歩いたり心張棒を支ったりできたとは少々考えにくい。また早蕨が表の間にいたとすると、奥の間の壁に血が飛び散っていたこととも矛盾する」

「うーむ、そうなりますと……残る可能性はただ一つ、早蕨は自死したのではありますまいか。そうせねばならぬ理由があったかどうかは別にして」

「もしそうなら、何らかの銃が——自死には火縄銃は大きすぎるから、おそらく短筒であろうが——室内に残されていなければならぬ。だが、無論そんな物はなかった」

木島は大きく嘆息した。何とか捻り出した推量だが、どうやらすべて的外れのようだ。

「佐藤殿は何と仰っているのですか。現場に居合わせたのですから、すべてを承知しているはずです」

「一体何が起こったのだと喜兵衛が佐藤に詰め寄ったが、何を尋ねても『ああ』とか『うう』とか呻くばかりで、まともな答えがいっかな返ってこない。我々が尋問した時も『仕方がなかった』『止むを得なかった』などと凡そ要領を得ない言葉を譫言のように呟くばかりで、からきし益体も無かった」

　仕方がなかった――事故を防ぐことは無理だったと言い訳しているように聞こえる一方で、自分が早蕨の死に関与していると告白しているようにも受け取れなくもない。

「それで詰まるところ、早蕨の死は不幸な事故という結論に落ち着いたわけですね」

「それが誰にとっても最も丸く収まる解決だったからな。被害者を一人出してしまってはいたものの、謀反人を征伐する際に偶発させてしまっただけ、それも犠牲になったのはたかが遊女に過ぎぬのだから、さように認めたところでわが藩としては痛くも痒くもない。自藩士が人殺しに関わっていたわけではなかったと御墨付きが得られるのだから言う事なしだ。播磨屋にとっても、事を荒立てなければ御上から見舞金がたんまり下されるのだから口を閉ざしておくにしくはない」

かくしてすべて臭い物には蓋――いや、丸く収まったというわけか。

胸奥でそう呟きながら、木島は盃の酒を一息で干した。

「――とまあ、かくのごとき次第であった」

「お手数をお掛けしました。真にありがとうございます」

宮崎との会談の模様を木島から聞かされた夕顔はそう言ったきり、八の字を寄せて沈黙した。その時不意に夕顔の横顔に翳りが差したのを見て、木島は息を呑んだ。

人が変わったように快活になった最近の夕顔ではあるが、時折何かの拍子にこうした暗鬱な表情を見せることがある。かつて夕顔の方寸に巣くっていた感情――おそらくは諦念とか絶望と名づけられるのだろうが――は、実は今も奥底深くに潜んだままなのではないだろうか。

「お願いいたしたいことがございます」

怱卒に夕顔が顔を上げたので、木島は狼狽しながら、

「な、何だ」

「佐藤様をこちらにお連れいただくわけにはまいりませんでしょうか」

「直接佐藤を問い質したいというわけか。だが、それはまずもって無理だな」

「なぜでございますか」

「近頃の佐藤は花見だの屋形船だのといった遊興にはとんと無関心で、ましてや遊廓などにはどれだけ強く誘っても断固として拒絶するそうだ」

「伊達な通人として知られた佐藤様がそうまで豹変（ひょうへん）したのですか」

「うむ、大坂から戻ってきて以降のことだというから、早蕨の一件が関与しているのであろう。おそらく胸裏に抱く疚（やま）しさ、後ろめたさが佐藤の足を斜巷（しゃこう）から遠ざけさせておるのだろう」

「やはり佐藤様は、早蕨さんの横死に単にその場に居合わせた以上の深い関わりを持っているのでは」

「まず間違いあるまいが、佐藤がさような調子であるならば、ここまで連れ出してくるのは生中な手立てでは難しいな」

「妙案がございます」

にわかに夕顔の瞳が輝きを増した。

「再度御手を煩わすことになり、真に恐縮なのですが」

「何か思いついたことでもあるのか」

木島の問いに答えることなく、夕顔は悪戯っぽく微笑んだ。

＊

「あらまあ、素敵ね」

鈴を転がすような美しい嘆声がすぐ隣で上がった。

目の前を女芸者連中の獅子行列が通り過ぎて行く。男髷に結った手古舞姿の女芸者たちが先頭を歩き、中央には獅子を象った巨大な張りぼて、その後ろには三味線や太鼓を手にした囃子方が続いた。近くの茶屋の前に置かれた車付きの舞台の上では、桃太郎や犬、猿、雉に扮した男たちが団十郎のように見得を切っている。

「何とも愉快なこと。ねえ、佐藤殿」

「はあ、さようですな」

佐藤と呼ばれた長身の武士は、脇に立つ妙齢の婦人に気のない口調で相槌を打った。

今日は吉原俄の中日である。仲ノ町の桜、玉菊灯籠と並ぶ吉原三大景物の一つで、毎年八月一日から晴天三十日間行なわれた。安永天明の頃、歌舞伎の真似事を好んだ仲ノ町の茶屋桐屋伊兵衛が、同好の士とともに即興の狂言を拵えて町中を演じ歩いた。これが評判となって、毎秋の定例となったと伝えられている。

吉原の廓内には原則として一般の女性は足を踏み入れることができない。しかし吉原俄はその数少ない例外に当たり、毎年多くの女性の見物客が江戸市中から訪れて大きな賑わいを見せる。

「今日は御案内いただいて有難うございます。以前から一度見物してみたいと念願していたのですが、女中たちが生憎と皆出払っているもので、佐藤殿に無理を申し上げてお付き合いいただいたのです」

「いえ、一向に構いません、お登勢様。何分暇を持て余しておりましたから」

御留守居役の内室からの依頼となれば、たとえ暇ではなくとも断るわけにはいかない。致し方ないと諦めて肯うしかないのだが、一点どうにも腑に落ちないのは——

「それにしても、何故拙者を案内役に？」

佐藤の役目は刀番で、宮崎の直属の配下にはない。加うるにお登勢との面識はほとんどなく、日頃交際があったというわけでもなかった。にもかかわらず、宮崎はどうしたわけか佐藤を名指ししてきたのだ。

「それは、その……ほほほ、まあ色々と」

口元を押さえながら、お登勢はぐらかすように笑った。

佐藤はかつて遊里に繁々と通い、粋人と持て囃されていた。あの大坂での一件以来紅灯の巷からはきっぱりと足を洗っているのだが、藩邸の御偉方にはその時の印象がまだ根強く残っていて、佐藤に白羽の矢を立てたのだろうか。

「あら、あちらの舞台は浦島と乙姫かしら」

お登勢が娘のように華やいだ声を上げて、

「さあ疾く参りましょう、佐藤殿」

「お待ちください、さように慌てずとも——」

佐藤の制止を聞かずに、お登勢はずんずんと京町一丁目の方へと進んで行く。

（やれやれ）

佐藤は胸中で溜息を吐いたものの、今日一日の辛抱だとすぐに思い直してお登勢の後を追った。

その時、道の向こう側から源平合戦を演ずる一団がやって来た。義経、弁慶、清盛、さらには後白河法皇に扮した男たちが竹光を振りかざして立ち回っている。沿道を埋めた見物人からはやんやの大歓声が上がっているが、佐藤はいっかな見向きもせず、俯いて足元を見つめながら歩き続けた。

「くだらん」

我知らず言葉に出して呟いていた。

真の戦とはあのようにのんびりとした軽薄なものではない。一刹那ですべてを破壊してしまう。それまでにいかほど高く積み上げていたとしても、いともあっけなく崩れ去ってしまうのだ。

この世の万事は泡沫だ。永遠に続くものなど存在しない。だから——だから仕方がなかったのだ。止むを得ない仕儀だったのだ。

青天の霹靂と呼ぶより他ない事態だった。卒爾としてあのような場面に邂逅したなら、いかなる豪気や胆力の持ち主であろうとも怯者とならざるを——

そんな雑念に囚われてずっと面を伏せたままだったので、佐藤はいつの間にか一人の男に行く手を遮られたことに気づいていなかった。

「古河家中の佐藤殿でござるな」

頭上から降って来た声に驚いて佐藤が顔を上げると、一目で町方同心とわかる巻羽織を着した武士が眼前に立ちはだかっている。

「面番所に勤める木島と申します。少々お尋ねしたき儀がございますので、御同道願えますか」

と木島は有無を言わせぬ口調で言いながら、すぐ脇に立っている妓楼を指差した。掲げられた看板には〈相模屋〉と書かれてあった。

＊

「一体何事だ、無礼者め」

満面朱を注ぎながら、佐藤は声を荒らげた。半ば引きずられるようにして客間に通された佐藤は、夕顔、乙女、木島の三人と対峙した。

「かような真似をしてただで済むとはよもや思うまいな」

しかし勇ましい口調とは裏腹に、佐藤の視線は周囲の様子を窺うようにせわしなくあちこち動き続けている。

「真に失礼いたしました」

一揖（いちゆう）しながら、木島は詫びを述べた。

「この者らが是非に貴殿のお話を伺いたいと申すものでしてな」

木島の隣に坐した二人の花魁が声を揃えて、

「申し訳ございません」

と、深々と頭を下げた。

「聞きたいこととは何だ。わしは傾城(けいせい)風情に用などないぞ」

佐藤は強気の姿勢を崩さなかったが、

「大坂新町にある播磨屋の早蕨さんについてでございます」

そう夕顔が切り出した途端、佐藤の顔色が蒼白になった。

「早蕨？　誰だ、そんな遊女などわしは知らんぞ」

「嘘や！」

血相を変えて乙女が佐藤に詰め寄ろうとする。

「あんさんが早蕨姉さんを殺めたんやろ！」

身を乗り出した乙女を夕顔は片手で制しながら、

「二世を契るほど深く馴染んだ女性の名をその御年齢でお忘れになるような有様では、藩邸での御勤めもままならぬのではありませんか」

「……」

夕顔の皮肉に佐藤は苦虫を嚙み潰したような色を見せたものの、そっぽを向いて無言を貫いている。

「知らぬ顔の半兵衛を決め込むおつもりなら、あの日何が起こったのか私の推量を申し上げげましょう」

佐藤の横顔に射るような視線を向けながら、夕顔は語り始めた。

「一発目の銃弾が飛来した時、佐藤様は庭側、早蕨さんは奥の間にいました。悲鳴を聞いて佐藤様は急いで駆けつけたものの、頭部に大きな傷を負った早蕨さんにもはや助かる見込みがないのは一目で明らかでした。単なる偶発の事故に過ぎませんでしたが、居続けの最中に謀反に巻き込まれて遊女を死なせたというのは外聞が悪過ぎます。上役の耳に入れば、向後の出世昇進に響くのは必定でしょう。

そこで佐藤様は一計を案じ、早蕨さんの耳元でこう囁きました——すぐに医師を呼んでくるからここで待っておれ。ただし進退窮まった大塩軍の連中が、いつこの部屋に雪崩れ込んで来るかわからぬ。身を守るため襖を閉じて内側から心張棒を支っておけ、と。早蕨さんは虫の息だったものの、佐藤様の仰ることをけなげに信じて指示に従いました。そして、その後程なくして絶命なさいました。こうして不可解極まりない状況が生み出されたのです。

もちろん佐藤様が医師を呼びに行くことなどありませんでした。表の間に漫然と立ち続け、早蕨さんが息絶えるのをただ待っていたのです。死人に口なし、佐藤様の奸計(かんけい)が明るみに出ることは絶えてありませんでした」

沈着かつ冷徹そのものの口調で、夕顔は佐藤に断罪の言葉を投げつけた。

「佐藤様が自ら早蕨さんに手を下したわけではありません。ですが、それに限りなく等しい罪を犯されたのです。これに相違ありませんね」

夕顔の告発が終わっても佐藤はなおも沈黙を続けていたが、暫時の後深い吐息をついて、

「誤解だ」

「何がでございますか」

「何もかもだ。良いか、つらつら考えてみよ。心張棒を支っておけと早蕨に命じる必要がどこにあるのだ。さように妙な小細工をするくらいなら、早蕨は運悪く流れ弾に当たって死んでしまっただけだと素直に申し出る方がよほどましであろう。わしは何らの罪も犯していないのだから」

「あ……」

佐藤の指摘は夕顔を絶句させた。確かにそのとおりである。わざわざ部屋を密閉したところで、佐藤には何の益もない。

すると唐突に、佐藤が虚空を見つめながら譫言(うわごと)を呟くように、

「御主らは知っておるか。人はな……人は顔の半分がなくなっても歩けるのだ」

「……？」

一体佐藤は何を言い出したのか。夕顔は首を捻った。面に一切の感情を表わさぬまま佐藤は淡々と語り続ける。

「わしらは奥の間で同衾しておったのだが、突然すぐ近くで銃声が鳴り響いた。不安な表情を見せる早蕨に、

『様子を見てくる。御主はここにおれ』

と伝えてから、わしは中庭に面した部屋に出た。そして、様子を見てみようと窓の障子を開けたまさにその時、たまさか古河藩兵の放った銃弾が飛び込んできたのだ。銃弾がわしの耳元をかすめた音が聞こえたと思った刹那、

『ぎゃっ！』

と、奥の間から甲高い悲鳴が上がった。慌てて振り向いたわしの目に映ったのは——境の襖は開け放ったままにしてあったのだ——世にも信じがたい光景だった。

早蕨は奥の壁にもたれるようにして立っていた。その顔の右側の顎、頬、耳の

辺りが抉り取られたようにすっぽりと欠けていたのだ。そこからとめどなく流れ出た血が、早蕨の右半身を真っ赤に染めていた」

一切の言葉も差し挟むことができず、夕顔はただ固唾を呑むばかりだった。

「その時早蕨がやにわに歩き始めたのだ。ふらふらと覚束ない足取りでこちらに近づいてくる。

『佐藤様。何にも見えへん。助けて。どちらにいるんですか』

視力は失ったものの喉を撃たれたわけではないから声が出せたのだろう、両手を前に差し出しながらかすれた声で懸命にわしに助けを求めている。

この世のものとも思われぬ凄惨な光景に、わしは腰を抜かしてしまった。そうする間にも幽鬼のような姿の早蕨がどんどん迫ってきた」

頭の半分を失ってなお歩けるわけはないから、実際には早蕨の損傷はもっと軽かったはずだ。しかし、恐怖にかられた佐藤の目にはそのようにしか映らなかったのだろう。

「わしは咄嗟に奥の間に向かって土鈴を投げた。早蕨から貰って根付に結びつけておいた酉の土鈴だ。畳の上に落ちた土鈴は、二、三度涼やかに鳴り響いた。

『そちらですか』

その鈴の音のせいでわしがいる場所を錯覚したのだろう、早蕨は向きを変えて奥の間に戻っていった。虚空をまさぐるようにして、

『どこ、どちらに』

と幾度も繰り返しながら、必死にわしの姿を探している。畳に落ちていた土鈴に早蕨の足が当たり、音が鳴った。

『ここですね』

そう言いながら早蕨が土鈴を拾い上げたその時だった、もう一発の銃弾が飛び込んできたのは。銃弾は早蕨の鼻先をかすめて奥の壁に突き刺さった。

『危ない！』

大声で叫んだ早蕨は、急いで境の襖を閉めて心張棒を支った。無論襖一枚で銃弾を防ぐことなどできようはずもないが、わしの身を案じ、わずかでもわしを守る手立てにせんと考えたのだろう。そうして須臾の後、早蕨は息を引き取った」

その時、それまでまったく無表情だった佐藤の顔が突として歪んだ。畳に両手をついて頭を深々と下げ、

「許してくれ！」

絞り出すような声でそう叫んだ。

「わしは怖かったのだ。瀕死の状態でもなお、いや瀕死の状態だったからこそ、早蕨はわしに助けを求めてきた。誰よりも恋い慕い、杖とも柱とも頼むこのわしに。だが早蕨の顔は半ば失われ、血塗れになっていた。その姿はおぞましいと形容するより他ない有様だった。その時わしの心中を占めていたもの、それはただ恐怖のみだったのだ。

これ以上早蕨に近づいてほしくはなかった。寸刻も早くわしの目の前から消えてほしかった。だから早蕨から貰った土鈴を囮にして、早蕨を追い払ったのだ。永遠の愛を誓い、年季明けには夫婦になろうと契りを交わした早蕨を。最期までわしの身を気遣い、土鈴を握りしめながら息を引き取った早蕨を」

そこで佐藤は面を上げたが、その両の眼からは滂沱と涙が落ちている。

「許してくれ、早蕨。わしが悪かった。あの日以来御主のことを思い出さぬ日は一日たりともない。御主の最期の姿を夢に見ぬ夜は一夜たりともない。どうか、どうか許してくれ……」

夕顔ら三人は言葉を失い、泣き崩れる佐藤の背をただ見つめるばかりだった。部屋の中には佐藤の歔欷のみがいつまでも響き続けていた。

＊

七日後の早朝のことである。後朝の別れを終えて大門から戻ったばかりの夕顔を、旅装を整えた乙女が居室に尋ねてきた。すぐにでも朝寝をしたい夕顔であったが、嫌な顔一つせずに乙女を迎え入れた。

「わずかの間ですけど、ほんまにお世話になりました」

彦蔵との短い話し合いの後、乙女は新町に戻ることになった。これまた破格の措置であるが、乙女が江戸に留まる理由が皆無となったのだから当然とも言える。

「長旅とは存じますが、まだまだ暖かい日が続いていますからさほど苦にはならぬでしょうね」

「ええ。急ぐ必要もあれへんさかい、のんびり参りたいと存じます」

一頻り二人は東海道各地の名所、名物や、江戸と京坂の風習、文物の違いについてなど、四方山話（よもやまばなし）に花を咲かせた。ところが少時の後、不意に乙女は口を噤んで目を伏せた。やがて意を決したように顔を上げて、

「佐藤のことやけど」

と、硬い声で話し始めた。

「すぐに医師を呼んでいてもたぶん結果は同じで、どのみち早蕨姉さんは亡くなったはずや。佐藤が早蕨姉さんに直接何かしたわけやないから、罪を問うことは無理やろう。せやけど……うちはやっぱり佐藤を許すことはでけへん」

あの日夕顔らは佐藤に何らの手を下すこともなく、黙って帰途につかせた。その後も古河藩に真相を告げるような真似はせず、したがって佐藤はいかなるお咎めを受けることもなく従来どおり藩邸勤めを続けている。

「許さなければと無理に思う必要はありません。佐藤様は恨まれて当然の所業をなさったのですから。ですが、同時にこうも考えられないでしょうか」

夕顔は柔らかく静やかな語調で続ける。

「誰もが己が一番可愛い。その可愛い自分を守るために些少なりとも誰かに犠牲を強い、その犠牲の上に生きていく……そうしてあくまで己の幸せを得ようとする、人はそんな弱い罪作りな生き物なのだ、と」

乙女は今一つ得心の行かぬような色を浮かべて、

「誰かを犠牲にして幸せを得るとは、どないな意味ですか。うちは誰かを犠牲にしたような覚えは――ああ、うちら花魁は毎日男たちを手玉にとって大枚を稼いでいるから、罪作りと言われへんこともあれへんなあ。

心中立てで嘘の起請文を書くのは日常茶飯事、糝粉細工(しんこざいく)の偽の指を渡すのも当り前」

本気の愛情を示すため遊女が客に小指を切って贈る慣習があったが、偽物で誤魔化すのが常だった。

「『本当に思っているのは主様だけ』『主様に巡り合えたのは神仏の思し召し』。何人の男たちにそないな甘い言葉を同時に囁いていることか」

「そうして貢ぐだけ貢がせておいて、金の切れ目が縁の切れ目、おけらになった男には洟(はな)も引っ掛けない。何とも因果な定めです」

夕顔は苦い笑いを浮かべたが、すぐに真顔に戻って、

「でも私が『罪作り』と言ったのは、そんな今の生活のことを指しているわけではありません。もっと遠い昔の話です」

遥か遠くを見つめるような目つきで夕顔は呟いた。

「私の手は罪で汚されています。本当ならこんなふうに夢のような暮らしをのうのうと送っていてはいけないんですよ」

「夢のような暮らし？」

乙女は物怪顔(もっけがお)になって、

「遊女なんて泥水稼業が夢なんですか」

「そう、夢です。長く見続けていることは決して許されず、いつかあっけなく醒めてしまう一炊の夢、泡沫の夢……」

そこで夕顔は出し抜けに立ち上がると、

「もうこの話は止めにしましょう。さあ、そろそろ出立の頃おいですよ。大門まで一緒に参りましょう」

大門を潜る間際、乙女は振り返って深々と辞儀をした。乙女が歩み去っていく五十間道の上には晴れ渡った青空が広がり、白く輝く雲が夕顔の目にいたく眩しく映った。

四の控　弔歌

深く息を吸い込むと、たちまち胸の中が馥郁（ふくいく）たる甘い香りで満たされた。一体幾本の梅が植えられているのだろうか、視界一杯に紅白の華やかな色彩が溢れている。夕顔は暫し陶然としてその場に立ち尽くした後、もっと間近で花を眺めたいという衝動にかられたが、それは無理な注文だった。

高さ三尺余の生け垣が、夕顔と梅の木とを画然と隔てている。軽く溜息を吐きながら、夕顔は自分が佇んでいる庭を振り返った。築山や池泉などがないのはもちろんのこと、ろくに花木も植わっていない。いかにも相模屋の寮らしい質素そのもの――それどころか心淋（うらさび）しいとさえ言える――庭であった。

夕顔が出養生のためにこの寮に来てから、既に半年が過ぎていた。原因は右足首の骨折である。

――事故が起きたのは、昨年の八月一日だった。吉原で最も重要な年中行事の一つ、八朔が行われる日である。

八朔では仲ノ町を花魁道中する遊女は白無垢を着るという習わしがあった。元禄年間のこの日、高橋という遊女が高熱を押して馴染を迎えた際に白無垢の小袖を着用し、その姿の艶やかさに皆が感嘆して以来、吉原の遊女はこぞって白無垢を着るようになったと一説に伝えられている。

その日は昼八つから花魁道中が行われる予定だった。本来花魁道中とは、豪奢に着飾った太夫が多くの供を付き従えて妓楼から揚屋に出向くことを指した。しかし太夫や揚屋が姿を消した宝暦期以降、花魁道中は今日で言うパレードの一種となっていた。新造出しや年中行事等に合わせて実施される催しと化していたのである。

花魁となって早や二年、夕顔は今や相模屋の御職にまで昇りつめていた。夕顔は相模屋を代表し、大見世の花魁たちに交じって花魁道中に参加することとなった。

禿や振袖新造を引き連れて、夕顔が相模屋を出た直後のことだった。見世の脇を通る細い路地の奥で、数人の男児が喧嘩をしているのが目に入った。一人を五、六人が取り囲んでいたのだが、中心にいるのが誰か夕顔はすぐに気づいた。相模屋の惣領息子の新兵衛である。

新兵衛は生来蒲柳の質で生育が遅く、同年輩の子らと比較すると相当に貧弱な体軀であった。そのため近所の悪童たちからしばしば嘲弄の的とされていたのだが、最近では手荒な真似も受けているらしく、青痣（あおあざ）や切り傷を拵えて帰宅することも珍しくなかった。今も喧嘩と言うより、一人新兵衛のみが寄ってたかって罵声を浴びせられ、小突き回され続けている有様だった。

「やめなさい！」

覚えず夕顔は輪の中に割って入った。目に涙を浮かべ、唇を嚙みしめてただ耐え忍んでいる様子の新兵衛に、

「大丈夫ですか」

と優しく言葉を掛けながら、懐紙で新兵衛の額に流れる血を拭う。新兵衛が顔を上げて、かすかに微笑みかけたその時だった。

（――！）

夕顔の右足首に激痛が走り、次の刹那夕顔は無様に路上に横たわっていた。邪魔をされたことに立腹した男児の一人に、背後から足首を蹴り飛ばされたのだ。

夕顔は四寸余もの高下駄を履いていたので堪（たま）らず転倒してしまったのだが、事

はそれだけでは済まなかった。足首の骨が折れてしまっていたのである。見世に出られる状態では到底なく、夕顔は三ノ輪にある寮での出養生を余儀なくされることとなった。ところが折れた具合が悪かったのか、骨がなかなかうまく付かない。療養は半年もの長期に及び、夕顔は復帰の遅延に焦りを覚えずにはいられなかった。

もっとも、本来出養生に要する掛かりは遊女自身が負担しなければならない決まりであるところ、今回は夕顔を負傷させた男児の親が償うことで話が纏まっているので一先ず安心ではあったのだが。

(それにしても寮は寮でも大違いだこと)

夕顔は片頬に苦笑を浮かべた。

隣家は相模屋と同じく京町一丁目に見世を構える『桔梗屋』の寮である。こちらは名代の大見世だけあって、垣根越しに見える庭園は実に壮麗なものである。梅の盛りが過ぎた後も、おそらく桜、躑躅など季節の花々が庭中を彩り続けるのだろう。

その時、風に乗って届いたらしく、隣の庭から歌声が聞こえてきた。いや、歌にしては少々単調な節回しなので、ひょっとしたらお経かもしれない。

躊躇を覚えつつも我にもなく好奇心を抑えかねた夕顔は、首を伸ばして垣根越しにそっと覗き込んでみた。一人の女が梅の木の根元に屈みこみ、鏝(こて)のような道具を手にして土を掘っているのが見えた。少時の後、女は両手で捧(ささ)げ持つようにした何かを、自分の掘った穴の底に静かに横たえた。

（あれは……）

夕顔は小さく息を呑んだ。体長一尺程度の白毛の猫であるが、微動だにしない。おそらく既に死んでいるのだろう。女は穴の中の猫の死体に土をかぶせ始めた。こうした一連の作業の間、女は絶えずお経を唱え続けていた。

参ろうやな　参ろうやな　×××の寺にぞ参ろうやなあーあ……

（おや）

思わず夕顔は耳をそばだてた。はっきりとは聞き取れなかったのだが、女は今〈釜磯(かまいそ)の寺〉と言わなかっただろうか。

釜磯と言えば出羽国鳥海山(でわのくにちょうかいさん)の麓に位置する地であり、夕顔の郷里からもさほど遠くはない。もしや女は釜磯の出なのだろうか。夕顔はにわかに親近感を覚えた。

いずれの宗派なのか、女が口にしたお経はこれまで頓と耳にしたことのないものだったが、ひょっとするとお経ではなく釜磯独自の里謡なのかもしれない。猫の死体を埋め終わると、女は首を垂れた。不帰の客へ祈りを捧げているのだろうが、女は合掌をすることはなく右手を額に当てた。

続いてその手を胸に当てたところで夕顔の気配に気づいたのだろう、女が唐突に顔を上げた。夕顔と目が合った途端に女は色を失い、口を半開きにしたまま瞠目した。

「申し訳ございません。ご無礼いたしました」

夕顔は慌てて頭を下げた。

「お声が聞こえたもので、ついつい……こちらでしばらくの間養生することになりました、相模屋に勤めております夕顔と申します」

女は年の頃二十一、二。何かの病のためだろうか頰がかなり瘦け、また化粧を落としているにもかかわらず、大層な美玉であることが一目で見て取れる。

夕顔の記憶では半月ほど前まで隣りの寮は無人だったはずだから、おそらく最近出養生にやって来た桔梗屋の花魁に違いない。素面なので判然としないが、以前幾度か廓内で顔を合わせたことがあるような気がする。

女は垣根に蹌踉と近づいて来て、

「いつから……？」

と、掠れた声で尋ねた。

「はい、半年余り前からこちらで療養しております。生来の粗忽者にて御挨拶に出向くのをすっかり失念しておりました。何卒御容赦いただきた――」

「いえ、いつから私のことを御覧になっておられましたか」

「それは、その……ほんの今しがたです」

咄嗟に夕顔の口を突いて出た嘘を聞くと、女は射るような視線を夕顔に向けた。夕顔の心中を見透かそうとするかのように、そのまま真っ向から睨めつけ続ける。

「偽りではございませんね」

女の眼光の鋭さに気圧されつつも、

「真に申し訳ありませんでした。重ね重ねお詫び申し上げます」

と夕顔は再び陳謝した。

「であれば結構です」

わずかではあるがようやく口元を緩ませた女は、不意に踵を返して素早くその場から姿を消してしまった。

*

翌日の昼下がり、夕顔は桔梗屋の寮に出向いた。夕顔が訪い(おとない)を入れると、年の頃三十前後と思しき女が出てきた。下女であろうが、それにしては垢(あか)ぬけて貴(あて)やかな印象である。

「花魁に御用ですか。少々お待ちくださいい」

いやに泡を食った様子で、女は足早に奥へと引き込んだ。すると間もなく、何やらどたばたと慌てて片付けをしているような音が響いてきた。

暫しの後、再び姿を見せた女が恐縮の態で、

「お待たせいたしました。どうぞお上がりくださいい」

この寮は三つの部屋が縦に並んでいて、鰻(うなぎ)の寝床に似た造りになっているようだ。大見世の寮にしてはいささか小ぢんまりとしているが、おそらく集団用ではなく、この規模のものを幾つも建てて花魁一人一人の専用としているのだろう。

女に導かれた夕顔は梅が咲き乱れる庭を左手に眺めつつ廊下を進み、真ん中の部屋に入った。昨日庭で会った女が床の間の前に座しており、

「ようこそお越しくださいました」

と、大輪の花のような艶やかな笑顔を見せた。

「たいそう散らかっていてあまりに見苦しい有様でしたので……片付けに手間を取り、お待たせして申し訳ございませんでした」

「いえ、出し抜けにお邪魔して失礼いたしました」

そこで夕顔は持参した手土産を差し出して、

「詰まらない物ですが、お近づきの印に」

「まあ、鈴木越後(すずきえちご)の羊羹(ようかん)ですね。これは結構なものを。ありがたく頂戴いたします」

そこで夕顔が改めて昨日の非礼を詫びると、

「こちらこそ失礼いたしました。柏木と申します」

柏木は前日とは打って変わった愛想の良さを見せながら、

「昨日はてっきり見られて――いえ、相模屋さんの寮は皆様外出中と思い込んでいたので、空き巣でも入ったのかとうっかり早合点をしました。つい疑るような目を夕顔さんに向けてしまい、真に赤面の至りです」

「こちらこそいきなり驚かせてしまい、申し訳ございませんでした。飼われていた猫が亡くなられたのですか？」

そう尋ねてから、昨日口にした『ほんの今しがた』という言い訳と矛盾することに気づいて夕顔は胸奥で冷や汗をかいた。しかし、幸い柏木は気に留めなかったようで、

「ええ、五年前に姉女郎から譲り受けて飼い始めたのですが、どれほど辛く苦しい時でも私の心を慰め、癒してくれる掛け替えのない存在でした。先月から急に具合が悪くなり、ここ数日は食事もほとんど喉を通らないような容体だったので大層憂慮していたのですが、昨日ついに息を引き取りました。私はマリ——」

そこで感極まったのか、柏木は慌てた様子で口元を押さえた。袂(たもと)から覗く腕は肉が落ち、骨がはっきりと浮き出ている。

「鞠江(まりえ)を手厚く葬ってやらねばと考え、手ずから墓を掘っていたのです」

鞠江というのが死んだ猫の名らしい。その時先ほどの﨟長(ろうた)けた下女が、湯呑を載せた盆を持って入って来た。

「初音さんです」

夕顔が問う前から、柏木が女を紹介した。まるで花魁の源氏名のようだと夕顔は内心些少の疑心を抱いたのだが、それが顔に出たのだろう、

「昨年初音さんは年季が明けたのですが、仔細があって私の世話をしていただい

ております」

と、柏木が説明した。

建前上人身売買は御上から禁じられているので、遊女と楼主の契約は年季奉公の形をとっている。二十八になれば年季は明けるが、誰の女房にもなれない、今さら実家には戻れない等の理由で、どこにも行き場のない遊女は珍しくない。

その場合楼主と再び契約を結んで番頭新造や遣手婆となり、引き続き妓楼で働き続けることが多い。初音はそのように桔梗屋に再び雇用されることはなく、ずっと若年の柏木個人に仕えているらしい。格別の処遇だが、何か特段の事情があるようなので夕顔は深く問い質すことはしなかった。

初音が手土産の羊羹を切り分けて、夕顔と柏木の前に差し出した。

「おもたせで失礼ですが、早速いただくことにいたしましょう」

そう言ってから柏木は、自分の額に手を持って行った。その途中でふと胸を衝かれたように、柏木がはっと息を呑んだ。

「羊羹に何か悪目がございましたか」

不安になった夕顔が尋ねると、

「いえ、何でもございません」

狼狽の色を見せながらも、柏木は羊羹に素早く手を伸ばして口に入れ、「たいへん美味しゅうございます。やはり鈴木越後は一味も二味も違いますね」と、ぎこちなく微笑んだ。

それから一刻（約二時間）ほど、二人は大いに話に花を咲かせた。桔梗屋は大見世、相模屋は中見世と格式に差はあるものの、花魁という両人の置かれた境遇に違いはない。

なかなか減ることのない、それどころかうっかり油断していると雪達磨式に膨れ上がってしまう楼主への借金。一人でも多くの馴染を繫ぎ止めておくための手練手管。月の物であってもろくに休みも取れぬまま床入りしなければならない苦痛。

遊女の誰もが抱える共通の悩みなどを熱心に語り合ううち時は瞬く間に過ぎて行ったが、ふと部屋の隅に置かれた簞笥や長持が夕顔の目に留まった。島津家の家紋である〈丸に十字〉に似た意匠の紋様が付いている。柏木は島津家に何らかの所縁があるのだろうか。

島津家は薩摩を領国とする大名である。すると柏木が出羽の出身というのは夕顔の思い違いで、生国は薩摩なのかもしれない。

だが、それを話題に上せるわけにはいかなかった。吉原に身を沈めるに至った経緯や前身について詮索することは、遊女らの間では絶対の禁忌である。

浅草寺から暮れ六つ（午後六時頃）の鐘が聞こえてきて間もなくのことだった。

柏木が不意に激しく咳き込んだ。

「大丈夫ですか」

「先月から胸の塩梅がどうにも優れないもので」

掠れ声で答える柏木の面は、蠟のように白く透き通っている。柏木は生来頗る色白のようではあるが、それにしても尋常な色ではない。

「今日は寝起きから珍しく加減が良かったのですが、ついあれこれと立ち働いてしまったのが不間だったかもしれません」

柏木が出養生に来た理由は聞いていないが、余程に病状が悪化しているのだろうか。

「申し訳ありません、長居しすぎたようです。そろそろ退散いたします」

急いで夕顔が立ち上がると、

「では、ここにて失礼いたします」

夕顔を表口まで見送ることなく、柏木は弱々しく頭を下げた。

＊

翌日は春とは思えぬ冷え込みとなった。鶏鳴から雪が降り始め、朝五つ（午前八時頃）までに一寸ほども積もった。とは言えやはり冬とは訳が違って雪は昼前にあっさりと止み、代わりに暖かい日差しが燦々と降り注いだ。

庭に積もった雪は早々に解けていったが、転倒などしてはまた大事になってしまう。夕顔は日がな一日屋内に籠り、書見や琴を爪弾くなどして過ごした。

その翌朝少々寝過ごした夕顔が庭を覗いてみると、積雪はすっかり姿を消していた。しかし焚火をしているらしく桔梗屋の寮の方から煙が盛んに流れて来ていたため、庭に出るのは止めておいた。

昼過ぎには流煙も消えていたので、夕顔は庭に下り立って隣家から漂う梅の香気を存分に楽しませてもらっていたのだが、

（……？）

やがて異変に気づいて、首を傾げた。隣りの桔梗屋の寮が何やら不穏な空気である。

桔梗屋の若い者と思われる男たちが、頻りに庭から家屋へと出入りを繰り返し

ていた。その人数が見る間に増えて、今や七、八人が辺りをうろうろと歩き回りながら、

「やっぱりどこにもいないな」

「こっちも収穫なしだ」

風に乗って届いた男たちの会話の内容からすると、どうやら誰かを探しているらしい。

(柏木さんに何かあったのでは)

突として夕顔の胸奥に暗雲が湧いたその時、寮の裏手に広がる竹林の方から、

「見つかったぞ！」

と大きな声が上がった。

「大変だ！」

「早く来い！」

男たちの切迫した遣り取りを耳にした夕顔は、思わず垣根越しに男の一人に向かって、

「あの、失礼ですがもしや柏木さんの身に何か——」

男は胡散臭げに夕顔を横目で見ると、

「ああ、朝から行方が分からなかったんだが、たった今方見つかった。死んでるってよ」

と言い捨てて、走り去っていった。

夕顔は呆然としてその場に立ち尽くすより他なかった。

＊

(これはたまらぬ)

我知らず木島は黄八丈の襟を掻き合わせた。予想外の寒さである。

質の悪い風邪を引いた木島は、つい先日まで一月以上も寝込んでいた。またぞろ罹(かか)って床を離れられなくなっては敵わない。

昨日は寒の戻りにより纏まった降雪があった。今日の好天でその大半は解けてしまっていたが、この竹林の奥は陽(ひ)が届かないためだろう、多くがまだ解けずに残っている。

一本の竹の根元に、女が声もなく静かに横たわっていた。寝間着を身に付けた柏木の死体である。その周囲の雪には多くの足跡が入り乱れるように残されていた。

「いかがですか」

屈みこんで検死をする松軒の背中に、木島は問い掛けた。

「単なる病死だな。体のどこにも傷は付いていない。毒を飲まされたような様子もない」

柏木の顔を指差しながら、松軒は答えた。目も口も閉じられ、まるで安らかに眠っているかのように見える。

木島は柏木とは幾度も言葉を交わしたことがあった。御職の花魁と言っても詰まるところ銭金で春をひさぐことに変わりはないわけだが、そんな遊女稼業の暗面を露も感じさせない天真爛漫な笑みは、周囲の者を一方ならず魅了していた。だが、この美顔がかつてのように綻びることは二度とない。苦しんだ様子が掻い暮れ見られないことだけが救いだった。

「だいぶ心の臓が弱っていたそうだから、それが原因と見て間違いなかろう。怪しむべき点は皆無だ。今度ばかりは御主の出番はなさそうだな」

「であればよいのですが……」

柏木の死体を見下ろしながら、木島は眉を曇らせてそう呟いた。

――一報を受けたのは夕七つ近くだった。すぐに松軒のもとに使いを走らせたが、松軒は屋根から落ちて頭を打った大工の治療に出かけて不在とのことだった。

やむなく木島は単独で桔梗屋の寮に向かい、検死は後回しにして奉公人たちに対する詮議を始めることにした。

「おお、初音ではないか」

「お久しゅうございます」

思いがけず昔馴染に出くわして木島が驚きの声を上げると、初音も戸惑ったような笑みを浮かべつつ深々と腰を屈めた。

「目出度く年季が明けて、桔梗屋を去ったのではなかったか」

日々廓内を見廻る中で、木島は自然に初音と懇意となった。初音の人当たりの良い柔らかな物腰と丁寧で温和な物言いは、木島に少なからぬ好感を抱かせた。無論それ以上の何か特段の関係になったわけではない。けれども、思いの外話が弾み、巡検中にもかかわらず半刻近くも腰を据えていたこともしばしばだった。

そのため、口さがない吉原雀たちにあらぬ噂を立てられたこともあった。

そんな淡い繋がりであったから、初音の年季明けとともに二人の間には何の交渉もなくなった。前途が気には掛かったものの、いつしか初音の記憶は木島の胸裏からすっかり消えていたのだったが——

「なにゆえこの寮におるのだ？」

「はい。色々と行く立てがございまして」

途端に初音の面を暗い翳が覆った。あまり触れられたくない訳柄があるのだろうと木島は察して、

「まあ、よい。御主の存じておる経緯を話してもらおうか」

「花魁がいなくなったことに気づいたのは、明け六つ（午前六時頃）でした」

初音が俯きながら、囁くようなか細い声で語ったのは次のような顛末だった。

最近の柏木は、毎朝起き抜けに白湯を飲む習慣になっていた。今朝も六つの鐘が聞こえてすぐに初音は白湯の入った湯呑を柏木の部屋に運んだのだが、床が空っぽで柏木の姿が見えない。厠に行ったのだろうと暫くの間待ってみたが、一向に戻ってこない。まさか用を足している最中に倒れてしまったのではないかとにわかに心配になって厠に向かったが、やはりそこにもいなかった。

どこか散歩にでも出掛けたのかとも思ったが、そんなことはあり得ないとすぐに気づいた。最近の花魁の病状は悪化の一途を辿っており、初音が肩を貸しでもしない限り遠出など到底望めない容体だったのだ。

ともかくも初音は寮の中をくまなく探してみることにしたが、もちろん柏木の

影も形もない。

「すっかり途方に暮れてしまいました。どうしたらよいものかさんざ迷った挙句、昼過ぎになってようやく桔梗屋に使いを出し、花魁がいなくなったことを伝えようと決めました」

「見世に知らせるのに随分と時間がかかっておるな」

「それは、その……」

東の間初音は口ごもってから、

「もしや花魁は足抜けをなさったのかもしれないとも思いましたので」

「なるほどな」

もし柏木が足抜けを試みたのであれば、少しでも遠くまで逃がすために時間稼ぎを図る必要があったというわけか。

「程なくして見世番の幸七(こうしち)様たちが桔梗屋からやって来ました。まずは念のため屋内や庭をもう一度探してみることになったのですが、やはり花魁は見つかりません。探す範囲をもっと広げることにして、私は裏手の方を当たると決められました」

「その時点では竹林の雪の上には誰の足跡も残っていなかったのだな」

「はい。ですからここに来ているわけがない、探すだけ時間の無駄だろうといったんは考えました」

雪が積もったのは昨日のことで、今日は一片の雪すら降っていない。降雪により柏木の足跡が消されてしまったということはあるはずがなかった。

「けれども、竹林を少し奥に進むと小高い丘のようになって見晴らしの良い場所があり、そこからの眺めを花魁が好んでいたことを思い出しました。もしやと妙な胸騒ぎがしたので竹林を奥に進んで行くと、こちらに花魁のご遺体が……慌てふためき、急を知らせるため寮に戻ろうとした時に幸七様に出くわしたのです」

続いて尋問した幸七の供述は、初音の言い立てを裏づけるものだった。

「あっしは竹林の先にある田圃の方を探すことになりました」

幸七が竹林に差し掛かった時、ちょうど中から初音が出てきた。

「花魁はいたかい」

と幸七が訊くと、初音は真っ青な色になってただ唇を震わせるばかりである。

「どうした」

重ねて尋ねると、ようやく初音は口を開いた。林の奥を指差しながら、

「お、花魁があちらで倒れて……」

大急ぎで幸七は竹林の中に駆け込んだ。奥に進むに連れて残雪が目立つようになり、そこに初音が往復したと思しき足跡が付いていたのでそれを辿って進んだところ、柏木の死体を見つけたのだった。

「足跡は一組しか残っていなかったというのは確かだな」

「はい、間違いありません。行き帰りの足跡が付いていただけです」

初音が柏木を捜索している時に残したものであろうから、そのことには何の不思議もない。だがそうすると、柏木の足跡が見当たらなかったのはどうしたわけだろう。

（たわけめが）

そう胸懐で毒づきながら、木島は現場一帯を見回した。柏木発見の報を聞いた桔梗屋の楼丁たちが押し寄せたのだが、証しの保全などはまったく頭になかったようで、辺りの雪面は見るも無残に踏み荒らされ、柏木の足跡など跡形もない。

何らかの絡繰りがあったのかもしれないが、最早検証のしようもない。

夕七つ半を過ぎて、ようやく松軒が到着した。

「死んだのはいつ頃でしょうか」

「この体の固さからすると、相当経過している。おそらく七つ（午前四時頃）か六つ頃だろう」

夜が明ける頃おいだ。いよいよ死期が迫っていることを悟った柏木は、一人きりで死を迎える決意を固めた。死後の醜い姿を人目に晒すことを花魁の矜持(きょうじ)が許さなかったからだ。柏木はありったけの力を振り絞って竹林の奥深くまでよろぼい、そこで一人静かに息絶えた――

いささか釈然としない点も残るものの、柏木の行動に一応の説明はつく。しかしそうなると、何とも平仄が合わぬのはやはり柏木の足跡が一つたりとも残っていないことだ。

一体いかなる手立てで柏木はあの場所まで移動したのだろう。まるで鳥のように一飛びで雪面を越えたのだろうか。

(まったく何故かような怪事ばかりに出くわすのか)

雪上に残されているべき足跡が残されていないとか、内側から心張棒が支ってあるから下手人は逃げられなかったはずだとか、このところ手掛けている事件はいかなるわけかそんな奇妙なものが大半だ。もっとも今回は病死と確(しか)と判明しているのだから、頭を悩ます必要などさらさらないのかもしれないが……

内心そうぼやきつつ木島が寮に戻ると、急を聞いて駆けつけたのだろう、桔梗屋の楼主の久右衛門の姿があった。

「お役目お疲れ様でございます。ご足労いただき真にありがとうございます」

平伏した久右衛門は緊張の面持ちで、

「して、柏木はいかがでございましたでしょうか」

「案ずるな。ただの病死で、不審な点は何もない」

「さようですか」

久右衛門は安堵の吐息をつくと、

「では、葬儀の手はずを整えてもよろしいでしょうか」

「葬儀？　投込みにはせぬのか」

遊女が在職中に死亡することは日常茶飯事だが、葬儀が行われることなど絶えてない。菰に包まれるか粗末な早桶に入れられて、吉原の場合であれば三ノ輪の浄閑寺や浅草の西方寺に運ばれ、墓地の穴の中に投げ込まれて終いであった。そのため、これらの寺は〈投込寺〉と称されていた。

「全体いかなる風の吹き回しだ」

相模屋の楼主ほどではないが、この久右衛門も相当の締り屋として名高い。怪訝に感じた木島がそう尋ねると、

「はい、柏木には随分と稼がせてもらいました。労をねぎらうため、ねんごろに葬ってやります。私の家は一向宗の門徒ですから、茶毘に付したいと存じます」

〈茶毘に付す〉とは、火葬にするという意味である。江戸時代の葬法は土葬が大半だったが、浄土真宗（一向宗）では火葬が盛んに行われていた。

「殊勝な心掛けだな。うむ、構わぬぞ」

「ありがとうございます。では早速仕度を始めます」

久右衛門が立ち去るのを門先で見送っていると、木島は背後から声を掛けられた。

「木島様」

「おや、夕顔か。なぜに御主がここに」

「この隣が相模屋の寮なのです。出養生に参っております」

思いがけぬ邂逅に木島が目を見張ると、

「そうか、足を痛めて見世を長らく休んでいるのであったな。塩梅はどうだ」

「お陰様でほとんど快癒いたしました。木島様こそ、大層難儀なされたと承りましたが」

「ああ、とんだ災難だった。一時はもうこれで御陀仏かと覚悟したぞ」

先月うっかり薄着で転寝をしたため、木島は風邪を引いてしまった。少なからず悪寒があったものの、大したことはあるまいと高を括って勤めを続けたのが仇となったらしく、翌日の朝には床から起き上がれない体たらくだった。激しい咳と高熱に襲われ、食欲は皆目失せて目方は二貫（約七・五キロ）も減り、結句一月以上も寝込むことになってしまったのだった。

「面番所に復帰できたのはほんの十日ばかり前だ」

「真にお気の毒でございましたね」

「それでも子らに風邪が移らなくて幸いだった。二人とも素読吟味を控えておったのだが、懸命に看病してくれたからな」

木島は十二と十の二人の男児を儲けていた。素読吟味とは、幕府が旗本御家人の年少者を対象に昌平坂学問所で実施した口頭試験である。

「親孝行の立派な御子息でいらっしゃいますね」

「本来であれば勉学に専心させねばならぬところだったのだが――」

腕組みをしながら、木島は物思わしげな口振りで、

「加うるに二人ともまだ幼く、日々温かく庇保してくれる存在が身近に必要かもしれぬ。そうしたあれこれを考え合わせれば、木島家の安寧のためには後添

えを迎えるべきなのだろうが……」

「おや、確か以前に『今さら後添えなど要らぬ』とお伺いしたような覚えが」

「病のせいで性根が柔になってしまったのかもしれぬな……まあ、さような当家についての内輪話はどうでもよい。それよりも、御主の方こそ尻に火が付いたと気掛かりではないのか」

「なぜそのようなことを仰るのですか」

「聞いておらぬのか。御主の代わりに薄雲が御職に就いて、大評判になっておるぞ」

薄雲は夕顔の妹女郎だった花魁で、年は十九。一昨年に突出しを済ませ、窈窕たる美貌でまさに全盛を迎えつつあった。

「おやおや、私の影はすっかり薄くなってしまったようですね」

眉一つ動かさず、夕顔は淡々とした口調で言った。

「心配ではないのか」

「いえ、別段。いかなる形かは分かりませんが、遠からず私も吉原を離れます。去る者は日日に疎し。吉原に遊女は合わせて四千人もいるのです。私の名など瞬く間に忘れ去られることでしょう。端から居なかったかのように誰の記憶からも忽ち消え去ってしまう、そんな儚く卑小な存在に過ぎないのです。御職の地位に恋々と拘泥するつもりなど露もございませんし、首座から滑り落ちたところで何の痛痒も感じません」

「さようか……」

木島は一言そう呟いたきり、口を噤んだ。

夕顔が言葉で心情を述懐することは、日頃ほとんどない。生来感情の起伏に乏しいためではなく、喜怒哀楽をあえて表出しないよう努めているかららしい。吉原に来る前の幼少期に夕顔をそうさせる出来事が何かあったのか、それとも遊女として生きて行く上で身に付けた術なのかは不明である。

いずれにせよ夕顔の気性はそうしたものと思い做していただけに、唐突に発せられたこの吐露は木島を少なからず面喰わせたのだった。

「これは失礼をいたしました」

木島の困惑を察したらしく、夕顔はすぐさま話柄を切り替えて、

「ところで柏木さんが亡くなられたのですか」

「うむ、耳が早いな。だが、病死だ、不審の儀は掛けてもない。今度ばかりは御主の出番はなさそうだな」

松軒の台詞を木島はそのまま繰り返したが、そこで思い直して、

「いや、あると言えばあるな」

木島は柏木の足跡が死体の周囲に見当たらなかった件を夕顔に伝えた。

「それは何とも不可思議でございますね」

「しかし、殺しでないことは間違いない。御主の手を借りる必要は丸切りないぞ」

「……」

何の応えを返すこともなく、夕顔は直向きに何事かを黙考するようにその場に佇み続けた。

*

翌日の昼過ぎ、夕顔は桔梗屋の寮を訪ねた。

「何かお手伝いできることはございませんか」

「真にありがたいお申し出、何とも痛み入ります」

楼主の久右衛門は丁重に礼を述べた後、

「けれどもそのような雑事を余所様の花魁にしていただくわけにはまいりません。お気持ちだけいただきます」

その時桔梗屋の若い者たちが、数人がかりで大きな棺(ひつぎ)を運んできた。見慣れぬ細長い直方体の寝棺だったので、夕顔は我にもなく、

「珍しい形の棺でございますね」

棺には座棺と寝棺の二種類がある。座棺では死体の手足を折り曲げて座らせた状態で、寝棺では手足を伸ばして仰向けに寝かせた状態で納められる。江戸時代には庶民は座棺を用いるのが通例で、間に合わせに作った粗末な棺桶であることから早桶とも呼ばれた。

「すっかり固くなっているので、早桶には遺体が入りません」

死体を座棺に納めるためには、死後硬直が始まる前にまず膝を曲げなければいけない。死後硬直は人が死亡して二〜三時間後に始まり、十二時間ほどで最盛となる。法医学が未発達の江戸時代であっても、こうした知見を人々は経験から得ていた。

硬直の解消が始まるのは四十時間ほど経過してからで、柏木が亡くなったのは昨日の払暁だから膝を曲げることはまだできない。

「あと二日もすれば早桶に納められるでしょうが、この陽気では悠長に待つわけにはいきませんからな」

完全に緩解するまで埋葬を先延ばしにすると、死体が傷んでしまう恐れがある。

「寝棺は早桶よりも費用が嵩みますが、柏木は桔梗屋によく尽くしてくれましたから、その程度の費えは惜しみません」

その時初音が夕顔に出す茶を運んできたが、寝棺を見やった途端大きく息を呑んだ。蒼白な顔色で棺を凝視し続けている。

「どうした」

久右衛門が訝しげに問うと、初音は掠れ声で、

「投込みにはなさらないのですか」

「ああ、案ずることはない。きちんと葬儀を出してやるぞ」

「有難い御厚情ですが……その、もしや土葬ではないのですか」

土葬には座棺の方が適している。

「ああ、火葬にする。我が家は一向宗だからな。それがどうした」

「いえ、何でもございません」

力のない声で答えてから、初音は唇を噛みしめた。

「柏木さんの親御様や係累の方は葬儀にお越しになるのでしょうか」

娘を遊廓に売り飛ばしていながら、後は知らぬ存ぜぬで没交渉の親兄弟も多い。

そのことを憂慮した夕顔が尋ねると、久右衛門は首を横に振って、

「いえ、既に二親とも亡くなり、兄弟もおりません。柏木の一家は九州から関東に出て来て苦労を重ねたという話ですから、親類縁者の類も江戸近辺には一人もいないのではないかと」

「九州？　もしや薩摩でしょうか」

夕顔は〈丸に十字〉の紋様が入っている、例の箪笥や長持を指差した。

「いえ、確か肥前の国――長崎の近くにある原磯とかいう村の出だと聞きました」

「なるほど、原磯ですか」

すると、あの時柏木は〈釜磯の寺〉ではなく〈原磯の寺〉と唱えていたのか。やはり夕顔の聞き違いだったようだ。

「いつのことだったか、以前『原磯に行きたい』と柏木が嘆息していたのを耳にした記憶があります」

「『帰りたい』ではなく、『行きたい』ですか……」

夕顔は小首を傾げて、

「はるばる九州からいらしたとは、何か特段の曰くがあったのでしょうか」

「さあ、私どもが柏木を引き取った時には既に二親揃って亡くなっていましたか

ら、その辺りの委細は聞いておりません。先年大流行した麻疹が原因だったそうですが」

何やら夕顔の心の片隅に蟠るものがあった。けれども明確に形にすることができなかったので、夕顔は別の問いを口にした。

「すると野辺送りは今夜にも行われるのですか」

野辺送りとは自宅で執り行う葬儀を終えた後、近親者らが棺を担いで葬列を組み、亡骸を埋葬地まで送ることである。

「はい。参加するのは私ども桔梗屋の者が数名のみですから早速に執り行いたいと存じ、夕刻に寿泉寺の慈光様にお出でいただくことといたしました。読経を済ませた後、夜五つには出立する予定です」

江戸時代には野辺送りは夜間に行われるのが通例であった。

「私も参加いたしたいのは山々なのですが、足の怪我が未だ完治しておりませんので、真に申し訳ございませんが、ご遠慮させていただきたく存じます」

「もちろんでございます。無理はなさらないでください」

「せめて門口でお見送りいたしたいと存じますので、またその頃にお邪魔いたします」

夕顔と久右衛門がこうした会話を交わしている間、初音は放心したようにその場に立ち竦んでいた。そして何の挨拶も断りもないまま、突然しどろ足で部屋を出て行ってしまった。

＊

「で、出たぞ！」

暮れ六つ少し前、表口の方からひどく狼狽したような大声が上がった。

一体何事かと木島が腰を浮かせた時、でっぷりと肥えた僧侶が足音をどたどたと響かせながら駆け込んできた。血の気を失った顔は蒼白となり、額には玉のような汗を浮かべている。

「どうなされましたか、慈光様」

気遣わし気に久右衛門が尋ねたが、慈光は唇をわなわなと震わせながら、

「出たのだ、すぐそこで」

と、呆けたように繰り返すばかりである。

「まずは少々落ち着かれませ」

見兼ねた木島がそう大喝すると、

「おお、これは木島殿」

ぎょっとしたように慈光は目を見張った。寿泉寺は吉原からもほど近い三ノ輪にあるので、木島は慈光と面識があった。酒や女に目がない生臭坊主として、慈光はしばしば斯界で口の端に上っている。

「聞いてくれ、幽霊だ。幽霊が出たのだよ」

「幽霊ですと？　御坊のごとき著名な高僧が白日夢でも御覧になられたのですか」

慈光は木島の皮肉にまるで気づいた様子もなく、

「いいや夢などではない、真の話だ。この寮を目指して田圃の中の一本道を歩いてきたのだが、途中に大きな松があるのを御存じか」

「ええ、見事な枝ぶりの古木ですな」

「その松に差しかかった時、陰からにわかに若い女の幽霊が飛び出してきたのだ。経帷子を着て額には天冠（三角形の白い布）を付けておった。顔面は気味が悪いほど蒼白で、『恨めしや〜』と唸り声を上げながら、こちらにゆらゆらと歩み寄ってきたのだ」

「ふうむ」

木島は顎を撫でた。芝居などに登場する幽霊の典型の姿ではある。いや、少々典型に過ぎるのではなかろうか。

「それで、御坊はいかがなさったのですか」

「驚きのあまり腰を抜かして、しばらくの間その場に座りこんでしまい――いや、さような幽霊の一匹や二匹、拙僧には物の数にも入らぬ。『喝！　とっとと退散せよ』と一言叱りつけただけで、すごすごと駆け去って行きおった」

「さすがは慈光様。大した法力ですな。ですがその割には、この部屋に入って来られた時いささか泡を食っておられたようですな」

言葉に詰まった慈光は耳の端まで赤くしたが、

「まあまあ、立ち話はほどほどになさいませ」

そこで久右衛門が割って入って、

「まずは一服いかがですか。初音、お茶をお持ちしなさい！」

久右衛門は厨の方に向かって手を叩きながら、そう声を上げた。しかし何の返答も返っては来ず、いつまでたっても初音は現れない。

「何をもたもたしておるのだ」

眉を顰めながら久右衛門は立ち上がった。

「様子を見て参ります」

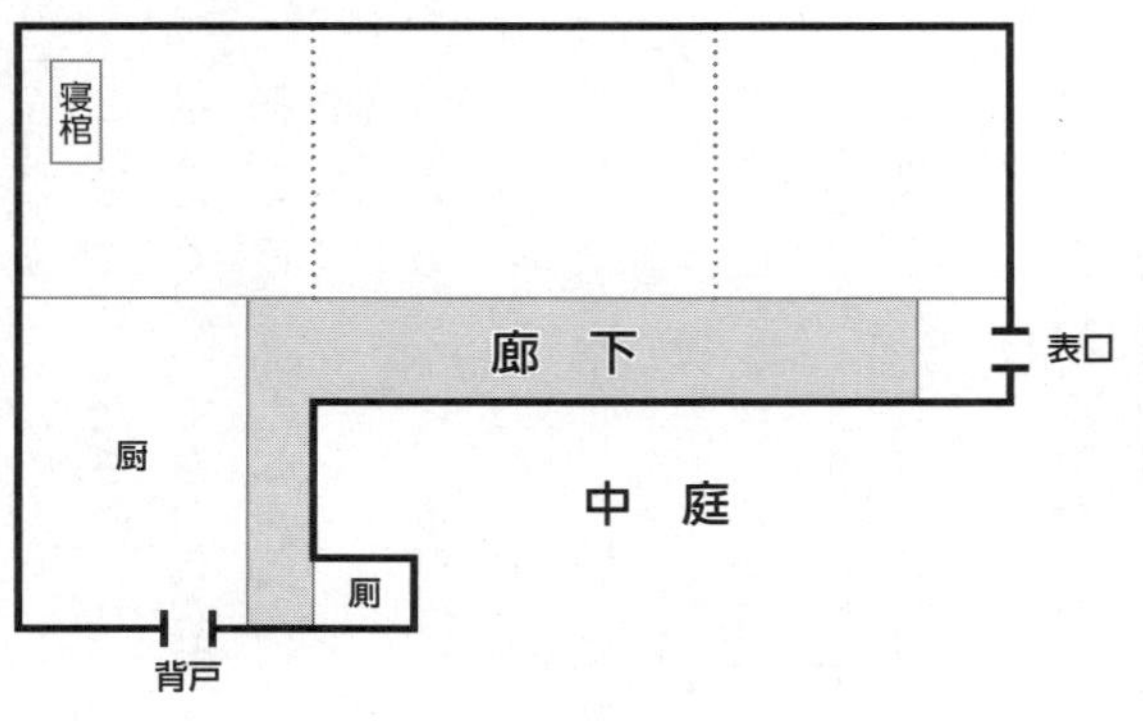

久右衛門は廊下を厨の方に向かったが、ほどなくして首をしきりに捻りながら戻ってきた。

「いかがした。おらんのか」

「初音は何やら浅草に用事があると言って出掛けたのですが、さきほど背戸の方で『只今帰りました』と声がしました。てっきり厨にいると思ったのですが……すると、こちらかな」

久右衛門は遺体が安置してある奥の間の襖を開けた。だがそこにも初音の姿はなく、深閑と静まり返っている。

「妙だな。背戸には心張棒が支ってあるから、また他出したはずもなし……ん、あれは」

久右衛門は畳の上に落ちている一枚の紙を拾い上げた。そこに記された文字に目を通した久右衛門の顔色が見る見る曇っていく。

「たわけめが！」

激しい剣幕を見せながら、久右衛門が怒声を上げた。

「全体いかがしたのだ」

「これをご覧ください」

足音荒く戻ってきた久右衛門は、紙片を木島に差し出した。

「初音が逐電いたしました」

「何だと？」

眉を顰めながら、木島は文に目を通した。元花魁だけあって、なかなかに水茎の跡も鮮やかである。

「『卒爾ながら本日を限りに御暇を頂きたく候……』か。ずいぶんと短兵急な話だな」

「柏木が亡くなったので自分の役目は終わった、もうここにいる意味はないなどと抜かしております。仮にそうであっても、せめて柏木の葬儀を恙なく終えるまでは務めを果たすのが最低限の礼節でありましょう」

あの初音にしては確かに随分と薄情な仕打ちだと、木島は方寸で大いに落胆せずにはいられなかった。けれども、その時俄然として思いついたことがあった。

「おい、初音は何処から出奔したのだ」

「はい？」

「内側から心張棒が支ってあったのであれば、背戸から外に出ることなどできぬではないか」

「表口から出て行っただけではないでしょうか」

木島の指摘の意味が理解できないらしく、久右衛門はきょとんとした顔をしている。木島はいささか苛立ちを覚えながら、

「それは無理だ」

厨から廊下を通って表口から出ること自体は、もちろん可能である。だが今木島たちがいる部屋は廊下に面していて、すべての襖が大きく開け放たれていた。

「最前から初音の姿など見かけておらぬではないか」

特に注視していたわけではないが、初音が廊下を通ったなら見逃すはずがない。

「確かに仰るとおりではございますが——おい、初音が出て行ったのを見なかったか」

表口に近い隣室に控える若い者たちに久右衛門は尋ねた。野辺送りで柏木の棺を担ぐべく待機しているのだが、皆が口を揃えて、

「いえ、誰一人通っていません」

久右衛門は当惑の色を浮かべながら、

「ならば庭に下りて――」

「それもあり得ぬ」

廊下に出た木島は、落陽に淡く照らされている庭を指差した。

「ほれ、あのとおりきれいなものだ」

一刻ほど前に通り雨が降っていた。雨が上がった後も庭は一面泥濘(ぬか)ったままで、見渡す限り野良猫の足跡一つすら付いていなかった。

「ですが、それでは……そうだ、腹を下して厠に籠っているのでは」

駆け足で久右衛門は厠に向かったが、早々に落胆した様子で戻ってきた。

「やはりおりません」

「何をあれこれと屁理屈をこねくり回しておるのだ」

焦れた声音で慈光が口を挟んできた。

「初音とやらはこっそり遁走(とんそう)したのだが、当然心張棒は外れたままだった。それに気づいた若い者の誰かが、そのままでは不用心だからと支っておいただけではないのか」

なるほど有り得る話ではある。

「確かめてみましょう。おい、お前たちの中に――」

「そんな些事はどうでもよい。それよりも早いところ読経を済ませてしまいたいのだが」

「失礼いたしました。こちらでございます」

久右衛門は慈光を奥の間へと導いた。

「では始める前に、一つ仏様のお顔を拝見するといたそうか」

久右衛門が止める間もなく、慈光は棺の蓋を開けた。

「ほう、これは大した尤物。まるで未だ御存命のように頬がつやつやしている。さすがは御職の花魁だ」

舐めるような視線で棺の中を覗き込んでいる。いかにも生臭坊主らしい所業だが、

「御坊、もうよろしいでしょう。お始めください」

と木島が鋭い口調で促すと、

「うむ」

きまり悪げに幾度か咳払いをしてから、慈光は蓋を閉じると棺の前に端座した。

久右衛門や若い者たちも次々に腰を下ろした。

「如是我聞。一時仏。在舎衛国――」

朗々たる美声で慈光が阿弥陀経を唱え始めた。

「木島様」

木島も着座しようとした時、背後から声を掛けられた。振り返ると、廊下に夕顔が立っている。

「野辺送りへ出立するのを見届けたいと思ったのですが、まだのようですね」

「あれこれと騒ぎがあってな、読経が始まるのが遅れたのだ」

「騒ぎとは何が？」

来訪途中の道で慈光が幽霊に出くわしたこと、さらには初音がやにわに遁走してしまったことを木島は説明した。すると、話の途中から夕顔の顔色が見る見る曇って行った。

八の字を寄せながら夕顔は棺を見つめていたが、暫しの後張り詰めた声色で、

「木島様の知己の中に蘭学者はいらっしゃいますでしょうか」

と、見当外れとしか思えぬような問いを投げ掛けてきた。

「役目柄、蕃書和解御用掛に幾人かおらぬでもないが……藪から棒に何だ」

蕃書和解御用掛とは、幕府が設置した蘭書を中心とする翻訳機関である。

「至急お調べいただきたいことがございます。おそらく柏木さんは生前──」

夕顔が口にした推量は、木島をひどく吃驚させた。

「さような者がこの江戸にもおったとは」

唖然として大息した後、木島は直ちに身を翻して寮を飛び出して行った。

＊

大きく揺さぶられたためだろう、ふと目が覚めた。いつの間にか寝入ってしまっていたらしい。

こんな時によく眠れるものだと、初音は自らに呆れて苦笑しかけたが、その途端に眩暈に襲われた。暗闇の中でも視界が回り続けているのがわかる。瞼をきつく閉じていると、暫くしてようやく眩暈は治まった。けれども絶え間なしに揺れ続けているためか鈍い痛みが依然として頭の中に残り、軽い吐き気も催している。

加えて身動きもままならないため、体の節々がひどく痛む。こんな難儀が一体あとどれくらい続くのだろうと、初音は溜息を吐いた。

一刻も早くこの苦行が過ぎ去ってほしいと、初音は切に願った。もっとも、その時にはいよいよ運命が窮まり、もう二度と後戻りはできなくなってしまうのだが。

しかし、それでも構わない。自分にはもうこの世に身の置き所がないのだ。邪魔者扱いされ続けた日陰だけの一生だった。七つの時父無し子の自分は、桔梗屋へと実の母により売り飛ばされた。二十年に及ぶ廓勤めをようやく終えて年季が明けた時には、母は大宅の隠居の妾にちゃっかり収まっていて同居は拒絶された。すごすごと桔梗屋に引き返し、番頭新造や遣手になって遊女を叱咤したり折檻したりするのは金輪際御免だった。

路頭に迷うしかないのかと途方に暮れていた時、自分だけの端女にならないかと手を差し伸べてくれたのは柏木花魁だった。異例かつ破格の申し出であり、その花魁が亡くなった今、私は安住の地を再び失った。けれども、現世への未練はもうない。潔く泉下へと旅立つことにしよう。

だが、そこに花魁はいない。花魁が向かうのは天の上だ。だからもう二度と花魁とは会えないわけで、それが唯一つの心残りではあるのだけれども……しかし、それも止むを得ない、こうするしか花魁の望みを叶える術はないのだから。

是が非でも花魁に恩返しをしなければならない。花魁の願いが実現するのかこの目で確かめられないのは何とも残念だが――

気がつくと、いつの間にか揺れが止んでいる。もう到着したのだろうか。いやに早い気がする。それとも、思いの他長い間眠ってしまっていたものか。

その時不意に、眼前の蓋が開いた。手燭が翳されたのだろうか、闇に慣れた目にはあまりに目映ゆい光が輝き、初音は思わず瞼を閉じた。

「棺からお出になってください」

聞き覚えのある声が上から降ってきた。恐る恐るゆっくりと目を開ける。

「初音さんが柏木さんの身代わりになる必要などありません」

優しい眼差しを初音に投げかけながら、夕顔が莞爾として微笑んでいた。

＊

「まったく埒もない」

勃然として色をなしながら、久右衛門は初音に剣突を食わせた。

「最初から正直に申しておれば、いくらでもやり様があったものを」

「真に申し訳ございません」

消え入りそうな声で、初音は幾度も詫びを繰り返した。

「まあ、そう厳しく叱責なさらずとも」

夕顔は取り成すようにやんわりと、

「構えて秘してほしいと、常日頃柏木さんから頼まれていたそうですから。さらには、もし事を公にすれば桔梗屋や久右衛門様にも咎めが及びかねないと、初音さんは案じられたのでしょう」

「分からぬでもありませんが――それにしても丸切り気づきませんでした」

久右衛門は深い嘆息を漏らした。

「よもや柏木が切支丹だったとは」

初音はしゅんと打ち萎れて、

「先祖代々ずっと隠れ切支丹なのだと柏木さんは仰っていました」

柏木の一族は遠く戦国の頃より熱心な切支丹信徒で、平戸藩に属する離島の鄙びた集落で密かに信仰を守り続けていた。柏木も当然のことながら幼少の頃に洗礼を受け、マリアという霊名を授かっていたのだった。

「御主はそのことを存じていたわけではないのであろう」

木島が夕顔に尋ねた。

「よくぞ柏木が切支丹であったと見抜けたものだな」

「もちろん、私も耶蘇教については門外漢です。そのため当初は何も気づかなかったのですが、心に掛かることがいくつか重なったので『もしや、これは』と思いつきました。そこで蘭学に精通した方にあれこれとお調べいただき、確信を得るに至ったわけです」

「その〈心に掛かること〉とはいかなるものだったのだ」

「はい、では一つ一つ順番にご説明いたします。

私が初めて柏木さんをお見掛けした日、ちょうど亡くなった愛猫を埋葬されているところでした。その時柏木さんは、

『参ろうやな　参ろうやな　×××の寺にぞ参ろうやなあーあ』

と唱えておられました。何かのお経かと思ったのですが、今まで丸切り耳にしたことのないものでした。実はこれはお経ではなく、歌オラショだったのです」

オラショとは隠れ切支丹の間で口伝えによって伝承されてきた祈りのことだ。祈禱を意味するラテン語の oratio に由来している。それを節を付けて歌ったものが歌オラショだ。

「この歌オラショの中に、原磯という地名が出てきたように聞こえました。柏木さんは以前『原磯に行きたい』と漏らされたことがあったとのことでしたね」

久右衛門が頷きながら、

「ええ、原磯は柏木の故郷ですから」

「けれども、故郷なのに『帰りたい』ではなく『行きたい』との物言いはいかにも奇妙ではないでしょうか。不審を抱いた私は、その点についても蕃書和解御用掛で調べていただいたのですが、案の定肥前に原磯という地名は見つからなかったとのことでした。

実在しない場所に行きたいとはどういうことでしょう――実のところ柏木さんは、原磯ではなく『〈ぱらいぞ〉に行きたい』と仰ったのではないでしょうか」

「ぱらいぞ？」

「切支丹にとって、ぱらいぞは仏の教えで言うところの極楽に当たる場所です」

ぱらいぞの語源は、パラダイスを表わすポルトガル語の paraiso である。

「なるほど、柏木はうっかり〈ぱらいぞ〉と口を滑らせてしまったので、故郷の村の名は原磯だと咄嗟に言い繕ったのですね」

「はい。『原磯に行きたい』という言葉の真の意味は、死後は耶蘇教の極楽に行きたいとの希望だったわけです。もちろん歌オラショも〈原磯の寺〉ではなく〈ぱらいぞの寺〉が正しい歌詞で、死後には耶蘇教の極楽にある寺に参りたいという隠れ切支丹の願いを表現しているのです。

その歌オラショを愛猫のために唱えつつ、柏木さんは死体を埋め終えました。それからまず右手を額に当て、続いてその手を胸に当てました。これは十字を描こうとしたけれども私に見られていることに気づき、途中で止めたに違いありません」

「十字とは？」

「これも仏の教えに喩えるならば、合掌に当たる所作です。翌日私が持参した手土産の羊羹をいただく時にも、同じことが起きました。自分の額に手を持って行こうとした柏木さんは、途中で息を呑んで手を止めました。切支丹は食事の前など生活の色々な場面で、十字を切って祈りを捧げるそうです」

「夕顔花魁が目の前にいらっしゃるにもかかわらず、つい普段の習慣が出かかってしまったわけですね」

「簞笥や長持に印された紋様についても、柏木さんの篤い信仰心の現れでした」

「あれは十字架をいつも身近に見ていたいという花魁のたっての希望で、あえて島津様の家紋に似せた意匠にしたのです。もし誰かに見咎められることがあっても、島津家中の馴染からの贈り物だと言い訳できるだろうと花魁はお考えでした」

初音の説明に夕顔は大きく頷くと、

「愛猫が亡くなったことが話題になった時も、柏木さんは危うく馬脚を露わすところでした。猫の名を『マリ――』まで止めて、『鞠江』と言い直したのです。耶蘇の母は聖母とされているそうですが、その名はマリアとのこと。猫の本当の名は『マリア』だったのではないでしょうか」

「その聖母とやらに因み、柏木は自分の洗礼名とも同じ『マリア』という名を飼い猫に付けた。それをうっかり漏らしそうになってしまったので、慌てて訂正したわけか」

感服した木島は顎を撫でながら、

「なるほど当人は上手く隠しおおせていたつもりだったのだろうが、注視していれば様々な点で襤褸が出ていたのだな」

そこで木島は横目でじろりと久右衛門を睨まえて、

「にもかかわらず、柏木と十数年同じ屋根の下にいた楼主の御主が気づけなかったというわけか」

切支丹の存在を見過ごしていた咎を問われることを恐れたのだろう、久右衛門が慌てて首を横に振りながら、

「恐れながら、それは止むを得ない仕儀でございます。柏木は見世では耶蘇教のことなど噯(おくび)にも出しておりませんでしたから」

「私も見世にいる時は丸切り気づかず、そうと知ったのは出養生に付き添ってこの寮にやって来てからのことです」

久右衛門に助け舟を出すように初音が割り込んで、

「花魁は自分に残された時が長くはないことを悟っておられたのでしょう。これまでは信仰を隠してきたが、最期の日々を悔いなく過ごすべく神とともに歩みたいのだと仰り、自分が切支丹であることを私に告白なさいました。何とも仰天いたしましたが、大恩ある花魁に報いるため、私は決して秘密を口外しないこと、あらゆる協力を惜しまないことをお約束申し上げたのです」

同居人である初音の目を気にせずともよくなった柏木は、隠し持っていた聖画やマリア像を堂々と飾り、日々祈りを捧げるようになった。

「私がこちらを訪ねた時に暫く待たされ、その間何か慌ただしく片付けをなさる御様子だったのはそのためだったのですね。突然お邪魔して申し訳ありませんでした」

夕顔が頭を下げると、初音は苦笑を浮かべて、

「人目に触れては不都合な物を大急ぎで押し入れに隠したのです。すっかり慌てふためいてしまいました」

「柏木の二親も切支丹だったそうだが」

木島が初音に尋ねた。

「肥前から江戸に流れてきたこととおそらく関わりがあるのだろう。柏木はその辺りの経緯も何か御主に語ったか」

「はい、花魁の父君は離島で小さな茶屋を営んでいたそうなのですが、ある日思いも掛けず――」

領内巡視でその島を訪れた藩主が俄雨を避けるため、柏木の父、弥作の茶屋に立ち寄った。急遽弥作が用意した昼食の素朴な味わいに感銘を受けた藩主は、弥作を城内の賄い方に任じた。弥作は固辞したのだが、無論藩主の命を断り切れるわけもない。藩主は弥作を一方ならず重用し、江戸への参勤交代にも弥作の妻おまんや娘おみつの同道を許したほどだった。

弥作一家の運命が卒然として暗転したのは、この時だった。弥作の栄達を妬んだ同輩に行李を漁られ、江戸にも持参していたクルス（十字架）を見つけられてしまったのだ。弥作らは直ちに藩邸から逐電し、無宿人となった。

料理人の弥作は手に職を付けてはいたものの、探索の手から逃れるためには正業に就くことなどできない。また江戸には頼れる係累など一人としていなかったので、一家は極貧に喘ぎ続けた。そしておみつが八歳の時、弥作とおまんが大流行していた麻疹の犠牲となった。天涯孤独の身となったおみつには、最早苦界に身を沈めるより生きる術はなかった――

「事情は承知した」

木島は大きな渋面を作りながら、

「だが御禁制の切支丹の存在を知ったのであれば、やはり御主は即座に御上に届けねばならなかった。柏木が切支丹であったことを隠蔽しようとしたがゆえに、此度の一連の騒動が惹起されてしまったのだぞ」

「申し訳ございません」

首を竦めながら、初音はもう一度詫びを述べた。

「御遺体の件は花魁からくれぐれもと懇願されていたのです。耶蘇教では火葬が禁止されていて遺体は土葬にしなければならないそうなのですが、花魁はそのことを何よりも懸念していました」

新約聖書のヨハネ黙示録には、この世の終わりにイエス・キリストが再臨し、すべての人類が集められてイエスによる最後の審判が行われると記されている。すべての人類とは生者のみを指すのではない。死者も復活して蘇り、天国に行くか地獄に行くかの審判を受けるのだ。死者が復活するためには、戻るべき肉体が残っていなければならない。それゆえキリスト教徒の葬法は遺体が焼却されてしまう火葬ではなく、土葬でなければならないのである。

「そのため柏木さんは自分が亡くなったら、遺体を暫くの間隠しておくよう私に頼まれたのです」

抱えの遊女が死亡した場合、楼主はただ投込寺に死体を放り捨ててそれで終わりとするのが常識である。火葬することなど本来ならばあり得ない。けれどもたまさか後生気を起こすかどうかして、葬儀を出してやろうなどという気紛れを久右衛門が思いつかぬとも限らない。そこで一昨日の夜いよいよ死期が迫ったことを悟った柏木は、自分の亡骸を半日ほど竹林の中に置くよう初音に指示したのである。

「昨日の明け方、目覚めると花魁は既に息を引き取っておられました」

悲しみに浸る間もなく、初音は行動を起こさなければならなかった。柏木の死体を背負い、竹林の奥深く分け入る。病床に臥していた柏木はひどく痩せ細っていたので、初音でも難なく長い距離を運ぶことが可能だった。

寮に戻ってきても、初音は桔梗屋に急を知らせようとはしなかった。ようやく使いを出した時には、既に昼八つを迎えようとしていた。

そのように時間を置いた理由の一つが、

「聖画やマリア像などを処分するためでした。花魁が亡くなったと分かれば、すべてを片付けて寮を引き払わなければなりません。押し入れに隠しておくだけではいずれ見つかってしまいますから、焼き捨ててしまう必要があったのです」

「それであの日は庭で盛んに焚火をなさっていたのですね」

夕顔が得心した顔で頷いた。

「はい、思ったよりも時間が掛かりましたが、みんな灰にしてしまいました。ただし、箪笥や長持はそのまま置いておくことにしました。長大なので私一人ではどうにもできませんし、駆けつけた桔梗屋の方に見られても例の言い訳で切り抜けられるだろうと判断したのです。

それから、もう一つ」

通報の遅延を招いた、より重要で切迫した理由があった。

「花魁の遺体が固くなるのを待っていたのです」

死後硬直は約十二時間で最盛となる。夕方になって駆けつけてきた桔梗屋の者に発見される頃には、半日ほど経過した死体は手足が曲がらずに座棺に入れることは不可能になっているはずだ。寝棺であれば収められるが、座棺よりも値の張る寝棺を吝嗇漢の久右衛門がわざわざ注文するとは考え難い。投込寺送りにはすまいと久右衛門が仏心を出していたとしても、
（寝棺の入目が勿体ないし、面倒だ。やはり投げ込んでしまおう）
と、たちまち気を変えるに違いない。これで火葬にされてしまう恐れは皆無となる、そう柏木は見込んで初音に指図しておいたのだ。

「一報までに時間を要したのはさようなわけだったのか。柏木が足抜けをしたかもしれないと疑って躊躇ったからなどと御主は申しておったが、よくよく考えてみれば柏木は足抜けを試みられる病状では到底なかった。拙い言い訳と即刻気づかねばならなかったのに、真に迂闊であったな」

　木島は圧し口を作ったが、

「待てよ。さすれば竹林の中に柏木の足跡が残っていなかったのは、御主が背負っていたからだな。だが、夕刻柏木の骸を見つけた時の御主の足跡がなかったのは

――」

「あの時は自分で見つけた振りをするべきか、それとも桔梗屋からやって来た誰かに見つけてもらうべきか、どちらの方が良いのか決断できていなかったのです。そのため竹林の入り口でうろうろと迷っていたのですが、そこで見世番の幸七様に出くわしたのです。狼狽のあまり、花魁の遺体をたった今見つけて戻ってきたところだという空言が咄嗟に口を突いて出ていました」

「そうか、何のことはない。考えあぐねてその辺りを行ったり来たり徘徊していたが、幸七が来た時にはたまさか竹林に背を向けて歩いているところだった。それがちょうど林の中から出て来たばかりのように幸七の目には映ったわけか」

「それにしてもその翌日に寝棺が運ばれて来たのを御覧になった時には、たいそう驚かれたのではございませんか」

夕顔の問いに初音は強く頷きながら、

「はい、まったくもって。何とも予想外だったことに──いえ、感服いたしましたことに、御亭様は投込みになさらないどころか葬儀を出すと仰ってくださいました。しかも土葬ではなく火葬になさるとの御意向を伺って、私は呆然とするしかありませんでした」

元々この時代の死者は大半が土葬にされており、久右衛門が信仰する一向宗では専ら火葬を行うなどとは切支丹の柏木は知る由もなかったのだろう。

「そればかりか寿泉寺の慈光様がお出でになって読経をなさると伺い、私は肝を潰しました。私自身は切支丹ではないので、経消しのオラショを知らないのです」

隠れ切支丹たちが亡くなった場合、周囲の目を欺くため通常どおりの僧侶による仏式の葬儀が行われた。ただし、そのままでは仏教の来世に送られることになってしまう。そこで同時に別室で経消しのオラショを唱えて、仏教の経文の効力を消したのである。

「花魁に読経を聞かせないようにする方策は何かないだろうか。思い余った私は窮余の一策に打って出ました。花魁の遺体から脱がせた天冠と経帷子を身に纏って幽霊に扮装すると、慈光様を松の木の下で待ち伏せました。動転させて追い返してしまおうと考えたのです」

そこで初音は肩を落として、

「けれども、目論見は外れてしまいました。ひどく狼狽した慈光様は尻尾を巻いて遁走することなく、逆にこの寮に逃げ込まれたのです。とんだ藪蛇に終わってしまいましたが、『覆水盆に返らず』です。もはや取り返しがつきません。

そうなれば、私に残された手立ては一つしかありませんでした。花魁の遺体を棺から出して、代わりに私が棺の中に入ったのです」

柏木の亡骸は押し入れの奥深くに隠した。そうすれば同じ部屋にはいるものの、経文を聞いたことにはならないだろう。野辺送りに連れ出されるのは自分なのだから、もちろん柏木は火葬されずに済む。

「浅草まで用足しに行くと言っていたが、あれは慈光様を恫喝しに外出するための口実だったのだな」

仏頂面の久右衛門が吐き捨てるように、

「戻って来たはずのお前が煙のように消え失せてしまい、どうやってこの寮から出て行ったのかさんざ頭を悩ませたが、棺の中に入っていたなどとは思いも寄らなかったぞ。道理で心張棒は内側から支ったままだし、庭にも足跡が残っていなかったわけだ」

「お手を煩わせて申し訳ございませんでした」

木島が口の端に皮肉な笑みを浮かべながら、

「慈光めが棺の中を覗き込んで『まるで未だ御存命のように頰がつやつやしている』などと申しておったが、それも当然だ。何しろ横たわっていたのは御主だったのだからな」

「見抜かれてしまうのではないかと、気が気ではありませんでした」

「柏木の骸は押し入れに置き放しにすることになってしまうが」

「いずれ復活すると決まっているのですから、それでも差し障りはないと思いました」

「一度死んだ者が真に蘇るものなのか、甚だ疑わしいが……」

久右衛門が頭を捻りながら、

「だが、まあよい、案ずるな。柏木は土葬にしてやる」

「ありがとうございます」

「それにしても、身代わりとなったお前は焼け死んでしまうところだったのだぞ。それで良かったのか。恐ろしくはなかったのか」

「はい、別段」

初音は力なく目を伏せた。

「我が身がどうなろうとも一向に構いませんでした――花魁が亡くなられた以上、私は最早この寮にはいられません。この浮世のどこにも行く当てがないのです。いっそ泉下を終の棲家と定めることこそ相応でしょう。虫けらのような取るに足らない命が失われたところで、悲しむ者など誰一人いないのです」

たどたどしい、しかしそれだけに一言一言が頗る重みをもった初音の披瀝は皆を沈黙させ、場は深閑と静まり返った。

「そういう御事情であるならば」

頓狂とも言えるような明るい声を夕顔が怱卒に上げた。

「身の振り方を木島様にご相談してみてはいかがでしょうか」

出し抜けに自分の名を出された木島は当惑しつつ、

「なぜわしに？」

「昨日後添えを探していると仰っていたではありませんか。初音さんであれば、この美貌に加えて気立ての良さも折り紙付き。まさに申し分なしというもの」

「の、後添えだと？　初音をか」

我知らず木島の声が裏返った。

「はい、初音さんに何か不足がございますか」

「いや、ない。あろうはずがなかろう。されど――」

「奥様の不在は御子息の養育に関わるとも仰っていましたね」

「それはそのとおりだが、だからと言ってそれとこれとは話が別であろう。何故一足飛びに初音を後添えに娶らねばならぬことになるのだ。さような話を打付けに持ち出されても……」

木島は懸命に反駁した。けれどもその語調は次第に弱々しいものとなっていった。

「よもや木島様に限って、遊女は下賤の身性であるゆえ武士が娶るわけにはいかぬなどとお考えではございませんね」

炯々たる眼光で夕顔は木島をはたと見据えた。

「無論さような偏見は持っておらぬが、しかし――」

「では、特段の障りはないということでよろしいですね。初音さんはいかがですか？」

不意に質問の矛先を向けられた初音は頬を染めながら恥ずかし気に俯いて、

「思いもかけぬ御提案にただ戸惑うばかりでございます。もちろん、実現したならばいかほどの喜びかと存じますが……」

「まったくだ、窓から槍に戯言を抜かしおって。わしの後添えに初音を、だと？何たる痴れ言だ。馬鹿も休み休み――」

するとその時初音がやにわに目の色を変えて、

「木島様、只今の仰り様はやはり私では不足があるとお思いなのですか」

「いや、違う」

途端に木島は周章の色を見せて、

「断じて違う。誤解だ。されど、その、凡そ物事には段取りと言うものがあってだな……」

開け放たれた窓から、暖かく柔らかな風がそよそよと吹き込んできた。鶯(うぐいす)の軽やかな鳴き声が室内に響き渡る。

二人を見つめる夕顔の眼差しは、さながら耶蘇教の聖母マリアのように慈愛に満ちていた。

五の控　幻夢

「お別れしとうありんせん」

男の胸元に顔を埋めながら、夕顔は甘い声で囁いた。

「どうしても帰ると仰るのでありんすか」

「無茶を言うな。これ以上居続けしたら、親父から勘当されちまうよ」

夕顔を窘めるように男は言ったが、その顔は脂下がり切って締まらないこと夥しい。

――彼は誰時の大門の前である。一夜を共にした客が明け方に帰るのを遊女が見送ることを後朝の別れと言う。通常であればせいぜい妓楼の表口までなのだが、夕顔は必ず大門まで客に付き添うことにしていた。

御職の花魁がそうまで尽くしてくれるのだから、いずれの客も悪い心持ちになろうはずがない。夕顔の名声と人気は弥増すばかりであった。

「その代わりと言ったら何だが、身請けについてはどうやら親父を説得できそうだ。楽しみに待っててくれよ」

男は木綿問屋中村屋(なかむらや)の惣領息子、慶太郎(けいたろう)である。夕顔の馴染になったのは半年ほど前で、以来足繁く通いつめてきている。夕顔なしには夜も日も明けないほどの惚れ込みようだったが、先月とうとう身請け話を持ち出したのだった。

「……」

身請けという言葉を聞いた途端、夕顔は無言のまま眉を曇らせた。それに気づいた慶太郎が怪訝そうに、

「どうした、嬉しくないのか」

「もちろん嬉しいでありんす。ですが掛かりのことを考えると、あまりの御迷惑かと……」

花魁の身請けには莫大な費用を要する。御職の夕顔ともなれば、総計五百両は下らないだろう。

「つまらない心配をするな。中村屋を何だと思っている」

中村屋は大伝馬町でも名代の大店である。

「そんな老舗の内儀がわっちに務まるものか、おおきに不安でありんす」

「親にも奉公人の連中にも四の五のは言わせねえ。大船に乗った気になって身一つで飛び込んで来ればいいんだ」

慶太郎は意気揚々と大門を潜って五十間道に出た。高札が立つ辺りで慶太郎はいったん振り返り、夕顔に向かって手を上げた。夕顔は莞爾として微笑んでそれに応えたが、肩をそびやかした慶太郎の後ろ姿が視界から消えるや否や、その笑みは拭われたようにたちまち消え去った。

夕顔はすぐさま踵を返すと、能面のような無表情で仲ノ町を足早に歩んだ。慶太郎は優男の外見に似合わぬ腎張りで、払暁まで夕顔を攻め立て続けた。夕顔はほぼ一睡もしておらず、今その胸中を占めているのは寸刻も早く二度寝がしたいという一念だけだった。

ところが揚屋町の木戸門に差しかかった時、夕顔は見番芸者のおくにに出くわした。

吉原の廓芸者には、内芸者と見番芸者という二種類が存在する。前者は妓楼に住込みで抱えられ、後者は裏店に住んで芸者の取次所である見番を通してその都度各見世の宴席に派遣された。

「すっかりご無沙汰して相済みません」

いたく恐縮した態で、おくにには深く辞儀をした。

年齢が近いためか夕顔はおくにとなぜか妙に馬が合い、しばしばおくにを名指しして相模屋に呼んでいた。ところがおくにと同居している父親の病状が優れず、看病のため、おくにはこの一月ばかりあらゆる御座敷勤めを断っているとのことで、当然ながら相模屋にも顔を見せていなかった。

「御稽古も取りやめばかりして、何とも心苦しいのですが」

「いいえ、止むを得ない仕儀でございますから」

若年ながらおくにの三味線の腕前はたいそう非凡なものだった。その卓抜な技量に惚れ込んだ夕顔は、四郎兵衛会所で開かれる各妓楼共同の三味線稽古には参加せず、自腹を切っておくにから個人教授を受けていたのだった。

「今日は久方振りに父の具合が良いので浅草寺まで参るつもりです」

おくにの傍らに杖を突いた老人が立っていた。おくにの父の長助である。

数年前に中風を患って以来、長助は棒手振の仕事は止めていたが、かつては魚を納めるため相模屋にも出入りしており、夕顔は禿時代に幾度か長助と顔を合わせたことがあった。

長助はひどく嗄れた声で、

「花魁、お久し振りでございます」

と言いながらゆっくりと胡麻塩頭（ごましおあたま）を下げたが、その動作は絡繰り人形のようにはなはだぎこちないものだった。

「その後の塩梅はいかがですか」

「いつ三途の川を渡ることになってもおかしくはない有様でして」

「そんなことは仰らずに、何卒息災にお過ごしくださいませ。では、失礼いたします」

今にも瞼が閉じてしまいそうなほどの睡魔に襲われていたため、やむなく夕顔は早々に話を打ち切ろうとした。すると背を向けた夕顔の後ろから、

「折り入ってご相談したいことがございます」

と、おくにが思いつめたような声を掛けてきた。夕顔は思わず足を止めて振り返り、

「何をでございますか」

しかしおくには打ち沈んだ面持ちで、

「ここ数日父の容体も小康を得ておりますので、明日はお稽古にお伺いできるかと存じます。委細はその時に」

とだけ答えて頭を下げると、長助を促すようにして大門の方へ去っていった。

＊

「たいへん遅れまして、真に申し訳ございません」

忙しげに夕顔の居室に飛び込んできたおくには、身を縮めるようにして詫びを述べた。約束の刻限を四半刻ほども過ぎている。

「いえ、どうぞお気になさらずに。甘露梅作りの手伝いをなさっていらしたのですね」

おくにの指先が紫蘇(しそ)の赤色に染まっていることを目に留めた夕顔は、微笑しながら尋ねた。

甘露梅は青梅を紫蘇の葉で包んで砂糖漬けにした菓子である。吉原名物の一つで、五月中旬から各引手茶屋が一斉に作り始め、翌々年の正月に年玉として贔屓(ひいき)客に配られた。甘露梅は作るのにひどく手間暇がかかるため、引手茶屋の下女のみでは人手が足りない。そこで出入りの芸者や妓楼の奉公人などの女手に助勢が要請されるのだが、引手茶屋との今後の付き合いを考慮すればすげなく断るわけにもいかず、幾日も足を運ばなければならないのが毎年の常だった。

「ええ、朝五つからずっと。加賀屋さんは本当に人使いが荒いんですよ」

そう愚痴をこぼしつつおくにには三味線箱を引き寄せると、取り出した三味線を組み立て始めた。

「では早速お稽古を始めましょう」

折り入っての相談と言うからには、おくにから余程の難題を持ちかけられるかもと半ば身構え、半ば期待していた夕顔は、いささか拍子抜けの感を覚えた。けれども久方ぶりにおくにの教授を受けられるのだから、稽古が先であっても無論否やはない。

「お休みの最中も精進なさっておられたようですね。長足の進歩ですよ」

休憩に入った時おくにから賞賛の言葉を掛けられ、悦に入った夕顔は、

「ありがとうございます」

と、顔を綻ばせた。

「ですが、ハジキの時まだ薬指を上手に使えずに往生しているのですが」

ハジキとは撥を用いずに左手の指で糸を弾いて音を出す奏法である。

「人差し指でツボをしっかりと押さえられていないようですね」

そう言いながらおくにには手本を示してみせたが、その妙々たる調べに夕顔は覚

えず聞き惚れてしまった。

吉原の芸者は町芸者や深川芸者とは異なり、売色は厳禁である。廓芸者は誰もが腕一本で活計を立てており、中でもおくには若手随一の奏者として名高い。

おくにの稀有な技能は母親譲りともっぱらの評判だ。おくにの母も三味線を弾かせれば吉原一と謳われた出色の本手の芸者だったと夕顔は聞いている。まだ幼い頃におくには母を亡くしているので直接の手解きは受けていないそうだが、やはり血は争えないというところだろうか。

「お疲れ様でした」

半刻にも及ぶ稽古が終わると、夕顔は禿に言いつけて茶菓の用意をさせた。

「最中の月ですね。大好物なんです」

おくにが嘆声を上げた。廓内の菓子屋竹村伊勢で売られている名物菓子である。

「どうぞご遠慮なく召し上がってください」

もうそろそろ本題に入るはずの頃おいであり、おくにの心が解けて胸襟が開きやすくなるだろうとの夕顔の配慮だった。そのせいかおくにの舌は実に滑らかで、目を輝かせながら廓内の噂話や巷説を熱心に喋り続けた。

しかし四半刻ほど過ぎても、おくには一向に相談事とやらを話題に上せようとはしなかった。妙にはしゃいだ様子からすると、おくには心中の葛藤のために本題を切り出しかねているのではないか。そう察した夕顔がさりげない口調で、

「ところで、相談したいことと仰っていたのは？」

と水を向けた。

途端におくには口を閉ざして面を伏せた。暫しの間その姿勢のまま微動だにしなかったが、やがて思い切ったように顔を上げると、

「花魁はこれまで不可思議な事件を幾つも見事に解決なさっているとの噂を耳にしました」

「ええ、行きがかり上やむなくそうしたこともございましたが……」

面番所の同心でも手に余る難事件を幾つも解き明かした夕顔の非凡な手腕は、廓内でしばしば口の端に上るようになりつつある。そのため、今日のような相談を持ち掛けられることが時々出来していた。

「お願いでございます。果たして本当に母が父を殺めたのかどうかお調べいただけませんでしょうか」

「父君を殺めた？」

夕顔は首を傾げた。長助の健在な姿を昨日見かけたばかりであるし、確かおく

にの母は十年以上も前に亡くなっているはずだ。一体何を言い出したのだろう。

「今の父は、血の繋がった実の父ではないのです」

夕顔の当惑を見て取り、おくにが打ち明けた。

「実の父母が同日に亡くなってしまい、私は天涯孤独の身の上となりました。今の父が私を哀れんで引き取り、男手一つで私を育ててくれたのです」

言われてみれば、おくにと長助の面立ちは似ているところが丸切りない。

「そうだったのですか、ついぞ存じませんでした」

「実は私は八月に祝言を挙げる予定となっております」

「真におめでとうございます。もしやお相手は定次郎(さだじろう)さんですか」

定次郎は四郎兵衛会所の傭人で、おくにと連れ立って仲ノ町を親し気に歩いているところを夕顔は目撃したことがあった。

おくには顔に紅葉を散らして恥ずかし気に頷いたが、

「ですが——」

と、不意に眉を顰めた。

「今のままでは心置きなく嫁ぐことができません。日延べ、いえいっそのこと破談にした方が良いのではとさえ悩んでおります」

おくにの何とも唐突な告白に夕顔は戸惑いながら、

「全体なぜですか」

「二つ理由がございます。一つは父の加減があまり優れないこと。私が嫁いでしまったら父の身の回りの世話はどうすべきかと……定次郎さんは同居しても良いと言ってくれているのですが、端から病人付きの新所帯というのも……」

「憂慮なさるのも御尤もとは存じますが」

それだけのことなら端女を雇うなどして対処できるはずで、破談まで決意するのは凡そ尋常ではない。夕顔はさりげない口調で、

「それでもう一つの理由とは？」

「父母が揃って亡くなった日のことです。あの時二人の間に本当は何が起きたのか、喉に刺さった小骨のように今日までずっと心懸りを覚えてきました。果たして母は夫殺しの大罪人なのか。どうしても真実が知りたいのです。こんな心残りを抱えたままの嫁入りなど、かつふつ敵いません」

「少々気になさりすぎでは——」

「それだけではありません。怖いんです……娘の私は、当然母の血を引いています。母が父を手に掛けたのであれば、人殺しの子である私もいつか同じような真

似を定次郎さんにしてしまうのではないかと……定次郎さんをそんな目に遭わせるわけにはいきません」

消え入りそうな声で呟くおくにの双眸（そうぼう）は、底なし井戸のような暗い光を湛えている。夕顔は一つ大きく頷いて、

「承知いたしました。なかなかに困難な仕儀とは存じますが、できる限りお力になりたいと存じます。

では早速お伺いしますが、同じ日に揃って亡くなったということはお二人は無理心中をなされたのですか」

母が父を殺めたという言葉から推測した問いだったが、おくには首を横に振って、

「父が亡くなった日の夜にたまたま起きた火事に巻き込まれて、母は不慮の死を遂げました。揚屋町一帯が焼けてしまった火事があったのですが、花魁は覚えていらっしゃいませんか」

「耳にしたことはあるような気はいたしますが、確かその火事は十四、五年も前に起きたのでは」

であれば、夕顔が吉原に来る以前の話である。

「仰るとおりです。その日私は風邪を引いて臥せっており、記憶が定かでない部分も多いのですが……私は母が握り鋏で父を刺すところを見たのです。いえ、正確に申し上げれば、私が見たのは父が刺された直後の場面だったのですけれども……」

「有り丈お話し願えますか」

「当時私はまだ五つでした。加えて先ほど申し上げましたとおり前日から熱を出して寝込んでおりましたから、記憶がひどく曖昧なのですが、何卒ご容赦ください」

遠い過去を見やるようにおくには宙に視線を向けながら、

「確か昼八つ過ぎだったと思いますが、外出していた父が長屋に戻ってきました。朝から患家を幾軒も往診していたのです」

「ということは、父君は医師でいらしたのですね」

「はい。横田順庵と申しまして、娘の私が申し上げるのも烏滸がましいのですが、たいそう腕が立つと評判だったようです。貧しい方たちからはろくに薬礼も貰わなかったので頗る感謝されてはいましたが、そのため我が家の家計はいつも火の車でした。ずっと裏店住まいのままでしたし、母も芸者勤めに復帰せざるを得ない有様だったのです。

母は早速父の昼餉(ひるげ)の仕度を始めました。私はいったん目を覚まして父と短く言葉を交わしたのですがすぐに眠りに落ち、その後暫く記憶が途絶えてしまいます。次に目覚めた時には、父が叫び声を上げていました。いえ、叫び声のせいで目が覚めてしまったのでしょう。

『ぐわっ！』

などと大声を上げながら、父は両手で腹部を押さえたまま辺りを転げ回っていました。口元からは一筋の血が流れ、父のそばの畳の上には握り鋏が落ちていました。握り鋏は母が常日頃繕いに使っていたもので、普段は裁縫箱に仕舞われていたものです」

「父君が母君に刺される場面を直(じか)に目撃されたわけではないのですね？」

「はい、見てはおりません。ですが、その時家の中にいたのは父、母、私の三人だけです。もちろん私は父を刺しなどしておりませんから、父を害することができたのは母しかおりません」

「下手人が密かに忍び込んできていたということは」

おくにが熱に浮かされて夢うつつであったのならば、侵入者に気づけなかったとしても不思議ではない。

「それはありえません。戸口を出た目の前に長屋共同の井戸があったのですが、たまたま長屋の住人が幾人か集まっていました。父が戻って来てから事件が起きるまでの間、人の出入りは一切なかったと全員が口を揃えています」

「母君はどんなご様子でしたか」

「父の傍に立っていました。父に何か言葉を掛けてはいたようですが、父には手を触れようともしませんでした。父が七転八倒し、絶命していく様子を冷静に観察していたのかもしれません」

「あるいは突然の惨事にひどく取り乱してしまい、手を束ねていただけとも考えられますね。お医者様は呼びに行かれなかったのですか」

「間もなくして外に飛び出して行きました。入れ替わりに父が――今の育ての父、長助のことです。当時はまだただのお隣さんでしたが――やって来て、悶え苦しむ父を抱き抱えました。するとその時、父が奇妙な言葉を口にしました。『まだらの……ひも……』と片息をつきながら言ったそうなのです」

「まだらのひも――斑の紐という意味ですか？」

「おそらくは。面番所の御見立てでは、母が下手人だと父は伝えたかったのだろうとのことでした。その日は母は、斑模様の細帯を締めていたそうです」

細帯のことを果たして紐と呼ぶだろうかと、夕顔は胸裏で首を捻った。

「次の刹那父は一際高く絶叫して、遂に息を引き取りました。その時私も気を失ってしまったようで、以降のことは覚えていません」

夕顔は眉根を寄せて考え込んだ。これまでの話を聞いた限りでは、確かに母親の犯行である疑いは薄くないようだが——

「ご心配なさるのも無理はないかと存じますが、おくにさんのお話にはいささか牽強付会なところもあるようです。母君が下手人であると断定できるだけの証しは見当たらない気もいたしますが」

唇を噛みながらおくには畳目を見つめて躊躇うような素振りを見せていたが、やがて思い切ったように口を開いた。

「これは面番所の旦那様にも申し上げなかったことなのですが、実は見たんです。自分の見間違いではなかったのかと、思い返そうとすればするほどかえって記憶が曖昧になって確信が持てませんでした。また、それを話せば母が下手人と結論づけられるに違いありませんから、取り返しのつかないことになってしまうと怖気づいてずっと言い出すことができずに……」

「一体何を御覧になったのですか」

「こちらに背を向けていた母が身動きした時、その両手が目に入りました。真っ赤でした──母の両の掌が父の血で真っ赤に染まっていたんです」

＊

「医師の横田順庵？」

暫しの間木島は宙を睨んでいたが、

「思い出したぞ。そう、わしが吟味に当たったのだ。もう十四、五年も前になろうか、何故またさように昔のことを？」

おくにから依頼を受けた翌日、例によって朝四つ過ぎの九郎助稲荷である。今日は普段と異なり、夕顔の方から木島に使いを出して待ち合わせたのだった。

梅雨の最中の一日である。雨は降っていないもののどんよりとした厚い雲が空を覆い、立っているだけで総身から汗が噴き出てくるような蒸し暑さだった。

「いえ、何ということもないのですが、少々気になる噂を耳にいたしましたもので」

夕顔は木島の問いをはぐらかしつつ、

「何でも事件当夜に起きた火事のために御調べが中断してしまったとか」

「中断と言うより頓挫だな。妻の嫌疑が濃厚だったのだが火事で焼死したので、すべてが有耶無耶に終わってしまったのだ」

「よろしければ詳細をお聞かせ願えませんでしょうか」

「はてさて何を目論んでおるのか知らんが……疾うの昔の話だ、まあよかろう」

木島はしきりに扇子を煽いで胸元に風を送りながら、

「順庵の妻、おとしの言い条に主に依拠すれば、事の次第はかようなものであった――」

その日の昼下がり、息急き切っておとしは外出先から帰宅した。風邪を引いたらしく昨日から熱を出して寝込んでいる一人娘のおくにの床に駆け寄り、慌てて顔を覗き込む。頰が紅潮して息遣いも少々荒いが、特に症状が悪化した様子もなく、深く寝入っている。おとしは安堵の吐息をついた。

今朝引手茶屋の若竹屋から使いが来て、人手が足りないから応援に来てほしいと急遽呼出された。夫の順庵は早朝から往診に出ていて不在である。病身のおくにを一人で家に残すことになってしまうので御免蒙りたいところだが、若竹屋には普段から便宜を受けているから無下に断ることもできない。後ろ髪を引かれる思いで、やむなく家を空けたのだった。

順庵が往診を終えて揚屋町の長屋に帰ってきたのは、普段より随分と遅く昼八つ過ぎのことだった。朝から五軒ほど患家を回って昼食に戻る予定だったのだが、最後の一軒で予想外に暇取ってしまったのだ。

「昼餉も召し上がらずに、御疲れ様でした。すぐに仕度をいたします」

そう言いながら妻のおとしが鍋を火に掛けると、

「いや、無用だ。備前屋(びぜんや)で思いがけず馳走を受けたのだ。普段なら干物が関の山なのに、今日は刺身であったぞ」

「あら、握り屋の備前屋さんが珍しいこと。どうした風の吹き回しでしょう」

「これだよ」

苦笑いを浮かべながら、順庵が右腕を上げた。十徳(じっとく)の袖の付け根辺りの糸がほつれ、袂がだらりと垂れてしまっている。

「御隠居がのべつ『胸が痛い、痛い』と叫びどおしだったので触診してみたのだが、よほどの痛みを覚えたのか突然御隠居が手足を振り回して暴れ出した。挙句わしの袂を摑んで強く引っ張ったものだからこの有様だ」

「まあ、それは災難でした」

「備前屋の主人は平身低頭で、薬礼のみならず昼食も大盤振る舞い。刺身は蝦夷地から取り寄せたという――おお、そうだ」

順庵は幾枚かの干物をおとしに差し出して、

「くにの好物だから、鰺の干物は土産に貰ってきた。くにの塩梅はどうだ」

部屋の隅で蒲団に横たわるおくにに順庵はにじり寄ると、おくにの額に掌を当てた。

「薬が効いて、熱はだいぶ下がってきたようだな。顔色もさほど悪くない」

目を覚ましたおくにが掠れ声で、

「お帰りなさいませ」

と言って身を起こそうとするのを順庵は押し止め、

「そのままで構わん。ゆっくり休んでいなさい」

おくにが再び眠りに落ちたのを見届けると、順庵は十徳を脱ぎながら、

「夕方にも往診に行かねばならぬから、修繕を頼む」

十徳を受け取ったおとしは、裁縫箱を取り出して繕いを始めた。暫しの間おとしは熱心に針を動かしていたが、不意に声を上げて、

「あら、いけない。うっかりお鍋を火にかけ放し」

おとしは竈(かまど)に駆け寄ると、急いで煮え立つ鍋を下ろした。横禍(おうか)が起きたのはまさにその時だった。

「うっ！」

背後で唐突に呻き声が聞こえたのでおとしが振り向くと、順庵が腹部を押さえて蹲(うずくま)っている。

「ぐわっ！」

大きな叫び声を上げて、順庵が辺りをのた打ち回り始めた。

「どうなさいましたか」

順庵のあまりに激しい暴れ様に近づくことができず、離れた所から見守るしかない。順庵が苦痛に歪んだ顔をおとしの方に向けた。口元から顎にかけて血が一筋流れている。

その時おとしは、順庵が暴れたためか裁縫箱が引っくり返り、握り鋏が畳の上、順庵の体のすぐそばに落ちているのに気づいた。鋭い刃先が不気味に白く光る。

おとしの胸裏にある恐ろしい考えが出し抜けに浮かんだ。あの鋏で刺されたのではなかろうか。

（だが、誰に？）

この長屋の中には自分たち三人しかいない。おくにを見やると、目を覚ましてはいるようだが相変わらず赤い顔でぐったりと横になったままである。おくにの仕業であろうはずがない。

だがそこでおとしは、今は余計な詮索をしている場合ではないと思い直した。ともかくも自分の手に負える事態ではなく、直ちに助けを呼ばねばならない。

おとしは腰高障子の戸を開けて、外に飛び出した。すぐ目の前に井戸があり、その回りに長屋の住人数名が集まっていた。おとしの姿を見るや皆口々に、

「大きな叫び声が聞こえたけど、大丈夫なのかい」

「順庵先生に何かあったのか」

などと気遣わしげな口調で尋ねてきた。おとしは大工の女房のおくめに縋りつくと、

「た、大変」

「しっかりおしよ。どうしたんだい」

震える指でおとしは長屋の中を指差した。海老のように体を丸めて呻き続ける順庵の有様を見て、皆が息を呑んで立ち尽くした。だが、真っ先に我に返った棒

手振の長助が素早く、

「順庵先生、大丈夫ですか！」

と声を上げながら上がり込み、順庵を抱き抱えた。

「しっかりしてください」

長助が策励すると、順庵は激しく喘ぎながら、

「まだらの……ひも……」

と、喉の奥から絞り出すように呻いた。

「えっ、今何と……？」

当惑したように長助は首を傾げたが、次の刹那、

「あがっ！」

順庵は一際大きな叫喚を上げた。両手を高く突き上げ、全身を激しく震わせた。

そして首をがくりと落として項垂(うなだ)れると、ぴくりとも動かなくなった。

「亡くなってしまった……」

呆けた顔で振り返った長助が、掠れた声で呟いた。

たちまちおとしは気を失い、おくめの腕の中で頽(くずお)れた。

「ちょいと、おとしさん。大丈夫かい、しっかりして！」

おとしの薄れゆく意識の中で、おくめの叫び声が虚ろに響いた――

「今のお話からすると、おとしさんは一件に何ら関与していないように思えますが」

木島が語り終えるや否や、夕顔は直ちに口を開いた。

「当時木島様は、おとしさんが最も疑わしいとお考えになられたわけですね」

「ああ、さような言い立てを鵜呑みにするわけになど行かぬからな。おとしの仕業であることは自明だった。現場の長屋の中には、順庵以外にはおとしとおくにの二人しかいなかった。おくにはわずか五つ、しかも熱を出して臥せっていた。下手人たりうるわけがない。おとしの他に誰が順庵を殺めたというのだ」

「おとしさんは竈の鍋を下ろそうとしていたので、順庵先生が刺された場面は見ていませんね。下手人はおとしさんが背を向けている隙に押し入り、犯行後直ちに逃亡した可能性はございませんか」

「到底無理だな。おとしが順庵の叫び声を聞いて即座に振り返ったのであれば、おとしの目に入らぬわけがあるまい。下手人が忍びの者でもなければあり得ぬ話だ」

「井戸の周りには幾人ほど長屋の住人がいらしたのですか」

「そうさな、全部で六、七人はいたはずだ。おくめら女房たちは洗濯をし、長助は盤台を洗っていた」

「その方たちは不審な人物は見かけなかったのですね」

「全員が口を揃えて、順庵が帰って来てからおとしが飛び出してくるまで人の出入りは一切なかったと証言しておる」

「現場に落ちていた握り鋏で刺されたことは確かなのでしょうか。例えば順庵先生は、疝気や癪の持病があったのでは」

「たわけめ、検死を怠るわけがなかろう」

木島は憤然とした口吻で、

「ただの腹痛だったのではないかと疑っておるのか。順庵はいたく頑健で風邪一つ引くこともなく、『医者の不養生』という諺と自分は無縁だと日頃自慢しておったそうだ。第一、たかが癪程度でさまで悶絶するわけがなかろう」

「すると、当然遺体の傷痕は」

「握り鋏と照合したところ、長さや幅がぴたりと一致した。握り鋏はおとしの裁縫箱に仕舞われていたものであり、犯行時繕いの最中だったおとしは裁縫箱をすぐ手元に置いていた。そのことからしても、外部から侵入した者の仕業とは考えづらい。御主の言うような押込みが下手人であるならば、匕首の一つも持参したはずだ」

「口争いが突発するかどうかしておとしさんが頭に血を上らせ、我を忘れてその時手にしていた握り鋏を順庵先生に突き立てた――そう御見立てなのですね」

「然かし。それから順庵が今際の際に口にした『まだらのひも』という言葉がある」

「意味が判然としませんが、おとしさんと何か関係があるのでしょうか」

「その日おとしは紺地に白い斑模様が入った細帯を締めていたのだ。おとしが下手人だと順庵は伝えたかったに違いない」

「細帯のことを紐と呼ぶのは少々無理があるのでは。そもそもなぜ素直に『としに刺された』と仰らなかったのでしょうか」

「さて、順庵の胸間のことなど知る由もないな。死に際でひどく惑乱していたので、さような物言いになったのであろう」

「おくにさんは何も御覧にはなっていなかったのですね。犯行の場面はもとより、その前後の様子なども」

「ああ、途切れ途切れに覚えている場面もあって、それはおとしの言い条と一致したのだが、肝心な所は何一つ見ておらなかったようだ」

おくにの言葉どおり、おとしの手が順庵の血に染まっていたことを木島は把握していないようだ。

「井戸の傍にいた住人のうち長助さんのみが中に飛び込み、介抱しようと順庵先生を抱き抱えた。その時長助さんは背を戸外の方に向けていたのですね。そうであれば、おくめさんたちからは長助さんの手元が見えていなかったのではないですか」

「咄嗟の早業で長助が順庵を刺したと言いたいのか。確かにその機会はあったかもしれぬが、実際には無理だ。

長助が現場に上がり込むよりずっと前の時点で順庵の叫喚が外にまで響き、皆が耳にしている。つまり順庵が刺されたのは長助がまだ井戸の傍にいた段階であり、それはおとしの供述でも裏付けられている」

「けれども木島様はおとしさんに縄を打つまではなさらなかったのですね」

「特段これといった動機が見つけられなかったから、慎重にならざるを得なかったのだ。御主の言ったとおり口論などほんの些細なきっかけでおとしが激昂し、人殺しに及んだという見立ては十二分に成り立つ。けれども夫婦仲は日頃すこぶる良好で、おとしの嫁入り以来口喧嘩一つしなかったそうだから、果たして殺しにまで至るような葛藤が二人の間にあり得たのかどうか。

おとしは自分の仕業ではないと頑強に主張した。確たる証しもないのにいきなり牢問に掛けるわけにもいかぬから、とりあえずその日はいったん帰宅を許した。ところがその夜、たまさか揚屋町を焼き尽くす火事が起きてしまったのだ」

「その火事に巻き込まれておとしさんは亡くなられてしまったのですね」

「少々風が強い日だったので思いの外広範囲に燃え広がり、死傷者が幾十人も出た。わしら面番所の者も被災者の救護や扶助に大童となった。

そうなると、順庵殺しなど後回しだ。最も重要な被疑者が死亡し、まだ葬儀を済ませていなかった順庵の骸も灰になってしまったわけだからな。畢竟詮議は棚上げにされた挙句、そのまま宙ぶらりに終わってしまったのだ」

「火元がどこかは判明していたのですか」

「指物師の男の寝煙草が原因で、単なる失火だ。おとしが自害するために火を放ったなどと考えておるなら御門違いだぞ」

「どのような経緯でおくにさんは長助さんに引き取られることになったのでしょ

うか」

「おくにを引き取ってくれるような近い縁戚は、順庵にもおとしにもおらなかった。おくには天涯孤独の孤児となってしまったのだ。一方長助もこの火事で女房を失い、その一年ほど前には一人娘も病で亡くしていたから、同様の境遇にあったわけだ。同病相憐れむということだろう、長助からおくにを養女にしたいと申し出があり、町奉行所としても反対する理由は格別ないからそれを認めたのだ」

八の字を寄せた夕顔は、思いあぐねて俯いた。

木島は特段の先入観を抱くことなく、公正な詮議を行ったようだ。しかしそれでも、今の木島の回想の中におとしの嫌疑を晴らすに足るだけの材料を見出すことはできなかった。それどころかおくにの目撃談を考え合わせれば、むしろ疑惑は深まったとさえ言えるかもしれない。果たしておくにの望みどおりの答えを出すことなどできるものだろうか——

「ああ、そう言えば」

その時突として、いかにも今思いついたという口振りで木島が問うて来た。

「御主に身請け話が持ち上がっていると仄聞したが」

「おや、何時もながらの地獄耳でございますこと」

夕顔はおどけた調子で答えたが、その目は露も笑っていなかった。飛切りの玉の輿(こし)ではないか」

「身請けを申し出ているのは、中村屋の跡取り息子だそうだな。飛切りの玉の輿ではないか」

「玉の輿、ですか……」

「如何(いかが)した、浮かぬ顔をしておるな。楼主の彦蔵は大乗り気なのに、肝心の御主がからきし色好(いろよ)い返事をせぬそうではないか。何故だ、身請けで苦界から抜け出すのはすべての遊女の夢のはず。夢が叶うのだぞ」

「確かに仰るとおりかもしれませんが」

夕顔は片頬に薄い笑いを浮かべた。

「私はそんな夢を見てはいけないんですよ。人並み、世間並みの幸福を求める夢なんてね。私に許されているのは、一炊の夢、泡沫の夢だけ。

私が今いるのは夢の途中。醒めてしまえば後には何一つ残らず、後は地獄に落ちるしかない。夕顔という遊女の名は、誰の記憶からもすぐに消え去ってしまう……」

「地獄だと？」

茫(ぼう)とした視線を虚空に向けながら夕顔は呟き続けていたが、木島が頓狂な叫声

を上げると不意に我に返って、

「詰まらぬことを申し上げました。御放念ください」

気がつけば、疾うに朝四つ半（午前十一時頃）を過ぎている。夕顔は木島に口早に礼を述べると、慌ただしく九郎助稲荷を後にした。

＊

光り輝く二つの列がはるか大門まで続いている。多くの人出で賑わう仲ノ町は、立錐の余地もないほどの混雑ぶりだ。

「初めて見たが、こりゃ見事なものだな」

盃を呷りながら、秀太郎は眼下の壮観に目を細めた。夕顔はしどけなく秀太郎にしなだれかかりながら、

「本当に美しいでありんす」

今日七月一日の夜は、玉菊灯籠の初日である。

享保十一年（一七二六）角町中万字屋の美妓、玉菊が二十五歳の若さで亡くなった。玉菊を追善するため新盆に何軒かの引手茶屋が軒先に灯籠を掛け連ねたのだが、後にこれが毎年行われて吉原全体の年中行事の一つとなった。今では灯籠ば

かりでなく趣向を凝らした作り物も数多く飾られており、見物客の目を楽しませている。

「玉菊って遊女は、さぞかし別嬪だったんだろうな」

「才色兼備で情に厚く、比類のない名妓だったと聞いていんす」

今夜の夕顔の客は、薬種問屋和泉屋の若旦那、秀太郎だ。まだ十九歳で、初めて吉原に足を踏み入れたのはわずか四月前のことである。

それまで紅灯の巷などとは丸切り無縁の石部金吉だったのに、友人に誘われて相模屋に登楼した秀太郎はたちまち夕顔の手管に籠絡されてしまった。とりわけ中村屋からの身請け話を耳にしてからは激しく対抗心を燃やし、今では三日にあげず通ってくる。

今日のような重要な行事や紋日には必ず登楼してくれるので大変重宝な存在なのだが、あまりに入り浸りとなると秀太郎の親の堪忍袋の緒が切れてしまいかねない。秀太郎が禁足を食らったり勘当されたりしては元も子もないので、痛し痒しというところである。

秀太郎は熱に浮かされたような視線を夕顔に向けながら、

「美味い料理、隣には北国一の美姫と来りゃあ言うこたあないな」

「主様はたいへん口がお上手でありんす」

夕顔は艶然と微笑み返す。北国とは吉原遊廓の異称である。

「おや」

食前方丈に舌鼓を打っていた秀太郎が出し抜けに眉を顰めて、箸を止めた。

「どうなさりんした」

「何か虫が付いていやがる。あまり生きのいい刺身じゃねえな」

秀太郎は長さ一寸足らずの小さな虫を箸で摘まみ上げ、空いている汁椀に放り捨てた。寸白の一種と思しきその虫は、細く白い体をしきりにくねらせている。

「こんな奴を食ったらえらいことだ」

その刹那、天啓のようにある閃きが夕顔の脳裏に浮かんだ。

(まさか……いえ、間違いない)

おくにの相談を受けてから、一月余りが過ぎていた。二六時中思案に暮れた挙句に本日まで何らの進展もなかったのだが、まさにたった今、ゆくりなくもすべての謎を解き明かす手掛かりが得られたのである。

(だが、そうなると——)

我知らず何事か呟き続けていたらしく、

「おい、どうした」

怪訝な色で秀太郎が夕顔の顔を覗き込んだ。

「いえ、何でもありりんせん。ささ、もう一献」

夕顔は慌てて首を横に振ると、秀太郎の盃に酒をなみなみと注いだ。

＊

その三日後の昼下がり、夕顔は使いを出しておくにを相模屋に呼び寄せた。

「その後父君はいかが御過ごしですか」

時候の挨拶を交わした後、夕顔がまずは長助の具合を尋ねてみると、おくには浮かぬ顔になって、

「それがあまり芳しくありません。最近は一人で外出できるところまで持ち直してきていて、つい先日などは山谷(さんや)の森の方まで足を延ばしてどうした風の吹き回しか花など摘んで参りまして……ところが、いきなり遠出し過ぎたのでしょう、その日以来また調子を崩してほとんど床に就いてばかりに」

「それは御心配ですね。何卒御自愛くださるよう御伝えくださいい」

そこで本題に入ることにした夕顔は居住いを正すと、

「ご依頼の件はすっかり無沙汰となってしまい、申し訳ありませんでした」

おくには恐縮の態で、

「いえ、とんでもない。花魁もご多忙でしょうし、そもそも十五年も昔の事件の真相を今さら突き止めようなんてことが無理だったんです」

「長らくお待たせしてしまいましたが、本日は吉報をお伝えすることができます」

「えっ、それじゃ——」

「ご安心ください。母君は断じて父君を手に掛けてなどいらっしゃいません」

「本当ですか。良かった……」

涙ぐんだおくには暫し襦袢(じゅばん)を目元に当ててから、ふと首を傾げて、

「だとすると、母の手が血塗れだったのはどういうことでしょう。私は確かにこの目で見たんです」

「ええ、決しておくにさんの見間違いではありませんでした。ですが、それは母君が下手人だったからではないのです。

あの日御母堂は引手茶屋の若竹屋に呼出されて家を空け、昼過ぎに帰ってきました。助勢を頼まれたとのことでしたが、そんな朝早くから御座敷が掛かったとは思えません。

では、一体何の用だったのか。時は折しも五月中旬、甘露梅作りの真っ最中です。母君はその手伝いに駆り出されたのではないでしょうか」

「あるいはそうだったのかもしれません。でも、そのことと事件に何の関係が」

「甘露梅には紫蘇が欠かせませんから、作り手の指先や掌にはどうしても紫蘇の赤色が付いてしまいます。先日久し振りの稽古にいらした際、おくにさんもそうでしたね。

あの事件のあった日、母君の手も同様に赤く染まっていたのではないでしょうか。高熱のために意識が朦朧としていたおくにさんには、それが父君の血で真っ赤に濡れているように見えたのです」

「そうか、そうだったんですね！　何てそそっかしいんでしょう、私のただの思い違いだったんですね……そんな早とちりでずっと悩んでいたなんて、とんだ粗忽者でした……でも、嬉しい……」

おくには嗚咽を堪えるように俯いていたが、不意に顔を上げると、

「でも、そうするとおとっつあんが――本当の父が亡くなったのはなぜだったんでしょう」

「自裁なさったと思われます。種々の状況から考えて、それ以外の結論はありえ

ません」

「自裁ですか」

おくには首を傾げた。

「なぜ父はそんな真似を……」

「各所に密かに手を回して、ようやく突き止めました。御家族の方にも厳秘になさっておられたようですが、父君は不治の病を患っておられ、余命幾許(いくばく)もないとの見立てを受けていたのです。それを苦にして自ら命を絶たれたのでしょう」

「本当ですか。父の病のことなどまったく聞いたこともありませんでした」

おくにはまだ釈然としない様子だったが、夕顔は強い口調で、

「嘘など申しません。こうしたわけですから、おくにさんは何一つ思い煩う必要などないのです」

「真にありがとうございました」

ようやく納得したらしく、おくには両手を突いて深々と辞儀をした。

「これで心置きなく嫁ぐことができます」

「おめでとうございます。おくにさんならさぞ良いお嫁さんになれることでしょうね」

心中の暗翳(あんえい)から目を逸(そ)らして、夕顔は相好を崩してみせた。

＊

目敏(めざと)い性質なのか、気配で感づいたのか、長助がやにわに瞼を開けた。枕元に座す夕顔の姿に気がつくと、目を大きく見張る。

「花魁、一体――」

そう言いながら長助は身を起こそうとしたが、途端に幾度も咳き込んだ。

「どうか無理をなさらず、横になったままで」

夕顔は丁寧に頭を下げた。

「盗人のように勝手に上がり込んで、たいへん申し訳ありません。おくにさんがお出掛けの間に用件を済ませたいと存じましたので」

長助父子が暮らす揚屋町の長屋の一室である。おくにの掃除が行き届いているようで、病人が寝付いているとは思えぬほどきちんと清潔に片付けられていた。三和土(たたき)に置かれた鉢植には、鶏冠(とさか)に似た形をした紫色の美しい花が飾られている。

夕顔は形を改めながら、

「真に勝手とは存じますが、刻限にあまり余裕がございませんので、単刀直入に申し上げます——十五年前、順庵先生を殺めたのは長助様ですね」

長助が息を呑む音が室内に高く響いた。

「あっしには順庵先生を殺めることはできませんでした。井戸で盤台を洗っていたんですよ」

狼狽の色を露わにしつつも、長助はそう反駁した。

「確かに長助さんがまだ中に入らないうちに、順庵先生は悲鳴を上げました。ですが、それは握り鋏で刺された痛みから上げたものではなかったのです」

「刺されたわけでもないのに、なぜ順庵先生は叫び声を出したんですか」

「その日順庵先生は患家で昼食を馳走になり、刺身を食べました。不幸にしてその刺身に当たってしまったのです」

寸白、すなわち寄生虫が十二分に取り除かれぬまま供されてしまったに違いない。

「疝気や癪の比ではない激痛が順庵先生を襲いました。腹部を押さえて絶叫したのはそのためです。刺衝（ししょう）が原因ではなかった証しに、その時点では握り鋏には血が付いていませんでした」

鋏の刃先が白く光っていたと、おとしは供述していた。順庵の血が付着していたのであればそのように光るはずがない。

「順庵先生の口からは血が流れていたはずだ」

「悶絶した時に舌か口の中のどこかを切ってしまったからでしょう。だから一筋だけだったのです。腹部を刺されたのであれば、その程度の出血で済むはずがありません」

「ひどい言い掛かりだ。全部当てずっぽうじゃないか」

「いえ、順庵先生自身が真相を仰っておられます――まだらのひも、と。長助さんもお聞きになられましたね」

「死に際で頭がどうかしてたに違いない。そんな戯言に何の意味があるって言うんだ」

「倹約家の備前屋で出される昼食の御菜は、日頃は精々干物程度でした。ところがその日に限り順庵先生のお召物を損じてしまった謝罪として刺身が振舞われ、順庵先生は干物を土産として持ち帰ることにしました。

刺身にされた魚は、真鱈(まだら)だったのでしょう。順庵先生はおそらくこう言いたかったのです。『まだらの刺身に当たった。やはりひものを食べておけばよかった』と」

今や長助は悉皆(しっかい)色を失っていた。真鱈は一年を通じてとれるが、旬は冬である。

蝦夷地から取り寄せたとは言え、あまり新鮮ではなかったのだろう。

「長助さんは棒手振で、日頃魚を商っています。順庵先生の言葉を耳にして、これは寸白が起こした食中り(しょくあた)に違いないと立ち所に真相を見抜きました。続いて即座に考えを巡らせ、今自分が刺し殺してしまえばおとしさんの犯行に見せかけられるのではないかと思い至ったのです。

傍に落ちていた握り鋏を拾い上げると、戸外にいる長屋の住人からは見えないように素早く順庵先生の腹部に突き立てました。順庵先生が一際大きな叫び声を上げたのは、本当に刺されて絶命したのがその時だったからです。

まったくの偶然を奇貨として犯行に及んだわけですが、日頃から順庵先生を害することをお考えだったのですか」

虚空を見つめたまま長助は黙りこくっていたが、暫しの後ようやく口を開いた。

「あたしら夫婦には、さよという一人娘がいました。夫婦ともに三十を越してからようやく授かった、それは大切な一粒種でした。

事件の一年ほど前に流行り風邪にかかってひどく熱を出しましてね、順庵先生に診てもらったんです。夜中過ぎにやっとこさ少し熱が下がって、

『とりあえず峠は越しただろう』

順庵先生はそう言って、薬を置いて帰りました。あたしらはすっかり安心して、疲れていたこともあってぐっすりと寝込んでしまいました。

翌朝目を覚ますと、さよは冷たくなっていました。涙が涸れ果てるまで、あたしら夫婦は泣き尽くしました。けれども、順庵先生の見立てが間違っていたせいじゃねえ、それがさよの寿命だったんだ。そう思い切って、恨みがましいことは一切口にしまいと決めました。

――ですが、諦めきれませんでした。納得がいきませんでした。順庵先生への恨みが募るのをどうしても抑えられなかったんです。同じ年頃の順庵先生の娘がすくすくと育っている姿を見ると、なおさら心の中にどす黒い膿みのような物がどんどんと溜まっていきました」

淡々とした口調で長助は語り続ける。

「今が仇を討つ絶好の機会だと、あの時咄嗟に思いついたんです。疑いはおとしさんに向けられるだろうから、首尾よく罪を免れられるはずと見込みました。目論見は図に当たり、面番所の旦那はおとしさんをしょっ引いていきました。

あたしはしめしめとすっかり悦に入りましたが、やはり悪事をなせば必ず報いがあるものですね。御天道様の罰が当たったに違いありません、その晩火事が起きて焼け出され、一切合財を失いました。それどころか女房が逃げ遅れて死んじまいました。すっかり黒焦げになって、満足に顔の区別も付かないくらいでした」

長助の目尻に一粒きらりと光る物が見えた。

「おとしさんも煙に巻かれて亡くなってしまいましたが、おくにはおくめさんに助けられて無事でした。その夜身を寄せた御救小屋で、涙を流すことも泣き声を上げることもなくただ茫然自失といった有様のおくにを見た時、自分がおくにを引き取って育て上げようと決めました。身勝手な言い分ですが、それがせめてもの罪滅ぼしになるのではないかと考えたのです。

あれから十五年、おくには来月無事嫁入りすることが決まりました。ようやくここまで漕ぎつけられたかと、肩の荷が下りたような心持ちです。もちろん、それで償いが済んだなどとは思っちゃおりませんが」

語るべきことをすべて語り終えて満足したのだろう、長助は一つ大息すると、目を閉じた。口辺にはかすかな笑みが浮かんでいる。

「花魁、真に御手数ですが」

出し抜けに長助が震える指で三和土の鉢植を指差した。

「あれを枕元まで寄せていただけませんか。立ち上がって取りに行くのが、もう何とも難儀なものですから」

「鉢植を、ですか？」

　夕顔は首を捻った。花の香りを間近で嗅ぎたいということだろうか――そう考えかけたところで、夕顔は愕然とした。花の正体に気が付いたのだ。

「もしやこの花は……」

　遠い記憶が蘇った。幼い頃郷里でしばしば見かけ、かつて夕顔も手にしたことのある花だった。

「おくにの嫁入りの足手まといになるようであれば、その時は――と考えて先日無理をして自分で採ってきたのですが、意外な形で役立つことになりました」

　長助は口の端を歪めて苦笑を浮かべたが、その笑みは同時にすべてを悟ったような穏やかさに満ちたものでもあった。

　夕顔は無言で立ち上がると鉢植を手にし、長助の枕元にそっと置いた。

「助かりました。ありがとうございます」

　口を閉ざしたまま夕顔は席を立ち、戸口に向かった。草履を履き、腰高障子に手を掛けたその時、不意に夕顔は後ろを振り返り、

「さようなら。暫しの間お別れですが、また御目文字(おめもじ)いたしましょう」

と、落ち着いた声色で長助に告げた。

長助は怪訝そうに眉を寄せて、

「はてさて、お目に掛かることは二度とないでしょう。人を殺めたあっしは地獄行き間違いなしですが、花魁は毎日図無しの苦労を重ねて男どもに功徳を施しておられるんだ。きっと御釈迦様が花魁を極楽に連れて行ってくださいますよ」

「いえ、私も疾うに地獄行きと命運が定まっているのです。必ず再会できます。お約束いたしますよ」

莞爾として夕顔は微笑んだ。そして物怪顔の長助にそれ以上何らの陳弁をすることもなく、深々と辞儀をすると踵を回らせた。

＊

翌日の朝四つ過ぎ、夕顔は九郎助稲荷に出向いた。腕組みをした木島が、仏頂面で夕顔を待ち構えていた。早朝に至急の使いが相模屋に来て、是が非でも来るようにと木島に厳命されたのである。

「揚屋町に住まっておる長助という元棒手振を存じておるな」

開口一番、吐き捨てるような口調で木島が尋ねた。

「揚屋町の長助様……もしや芸者のおくにさんの父君では」

「そうだ。お主がほじくり返そうとしていた横田順庵の一件に関与していた長助だ。その長助が昨日死んだ」

「そうですか。長らく患っていると伺っておりましたが、真にご愁傷様です」

「違う、病のせいではない。毒を飲んで死んだのだ、鳥兜の毒をな」

　木島は夕顔を睨め付けた。夕顔は眉一つ動かさず、

「鳥兜から作られた──確か附子と言いましたか、附子は様々な薬の材料になっておりますね。すると、長助様は誤ってそうした薬を多く飲み過ぎてしまったということでしょうか」

　鳥兜は植物としては最も強い毒を持つ有毒植物だが、同時に漢方薬の原料ともなっている。附子は鳥兜の塊根に〈修治〉と呼ばれる弱毒処理を施して作られた生薬で、附子を用いた漢方薬には八味地黄丸や麻黄附子細辛湯などがある。

「たわけ。鳥兜は人が飲んでも毒とはならぬよう加工されてから薬になるのだ。第一、長助にはそうした附子入りの薬は一切処方されていなかった。長助は直接鳥兜の塊根を口にしたのだ」

「そんな物騒な物を長助様はどこで手に入れたのでしょう」

「長助が幾日か前に山谷の森まで出掛けて、自分で採って来たのだ。おくにはその紫色の美しい花が鳥兜とは気づかなかったそうだ。山林に生えていて、町中では見かけぬ花だから無理もない」

「病の苦しみに耐えかねて自死なさったのでしょうか。何とも痛ましいことですが、それが私と何の関係が――」

木島は夕顔の顔を真正面からぎろりと見据えた。

「昨日の昼前、花魁と思しき風采の女が長助を来訪したのを隣家の女房が目撃している。長助が亡くなったのは、その女が立ち去った直後のことだ」

「なるほど……」

「おくにが他出する時、鳥兜の鉢植は三和土に置いてあったそうだ。長助はもはや歩くこともままならぬような容体だった。誰かが――おそらくその女が鉢植を長助の枕元まで運んだに違いない。

長助を脅迫し、鳥兜の塊根を食べるよう強要したのか。仮に長助自身の意志だったとしても、少なくとも長助が自決するのを幇助(ほうじょ)したことにはなる」

「……」

「よくよく隣家の女房を問いつめてみると、どうやらどこぞの花魁とおぼしき女は御主と面体が酷似しているらしい。無論見間違いであろうとは思うのだが、如何か」

境内の中を雀が幾羽か地面を突き（つつき）ながら歩き回っていた。足元に近づいてきた雀をのんびりと目で追いながら、夕顔は沈黙を続けている。

「ええい、どうなのだ。答えよ、夕顔！」

怫然（ふつぜん）として木島がそう怒声を上げた時、不意に夕顔は出口に向かって歩き始めた。

「おい、待たぬか！」

ゆっくりと夕顔は振り返った。その瞳は、光も届かない底知れぬ深さを持った洞穴の如き暗黒を湛えている。口を半開きにしたまま、木島は言葉を失った。

夕顔は静かに一揖してから、木島に背を向けた。そして二度と足を止めることなく、その後ろ姿はすぐさま木島の視界から消え去った。

終章

風に乗って本石町から暮れ六つの鐘の音が響いてきた。室内は急速に闇に包まれようとしている。

「木島様。少々お休みになられた方がよろしいかと」

新兵衛は行灯(あんどん)に火を入れながら、

「顔色があまり優れませぬようでございます」

「ああ、いささか喋り過ぎたな」

木島の面には疲労の翳りが濃い。木島は大きな溜息を吐くと、目を閉じて押し黙った。

行灯からのあえかな光を受けて、闇の中に夕顔の白い花が幾輪かぼんやりと浮かんでいる。暫しの間新兵衛は無言で夕顔を見つめていたが、

「そろそろ木島様に代わり、私が語らねばならぬ番のようですね」

瞼を開けた木島は、探るような視線を新兵衛に向けた。

「夕顔の和光同塵の活躍を初めて耳にして、大層心が躍りました。病を押してお聞かせいただき、有難うございます」

「わしが直接見聞きしておらぬ場面は、いささか想像も混じっておるがな」

「ですが、よもやそのような思い出話をするためだけにわざわざ私を呼び寄せたわけではありますまい」

「何か別の目的があったとでも言うのか」

「先ほど木島様は夕顔の花を見て心中のことをたまたま思い出したと仰いましたが、真実とは掻い暮れ思えません。私が夕顔の自死に関与していたに違いないとお考えになったのではございませんか。

それで今日、体調が優れぬにもかかわらず私と会うことを決意なさった。夕顔が関わった似たような同種の事件について語り合っていれば、そのうち何かの拍子に私がうっかり口を滑らせて真相を漏らすこともあるのではないかと期待なさって」

二人の間に重い沈黙が落ちた。行灯の明かりに惹かれて入り込んだ虫の羽音のみが部屋の中に響く。しかし少時の後、行灯の周りを飛び回っていた虫は灯明皿の中に飛び込み、ジジジと嫌な音を立てて燃え死んでしまった。

するとその時、新兵衛が居住いを正して、

「ではあの日何が起こったのか、洗い浚い申し上げることといたしましょう」

と、おもむろに口を開いた。

「間もなく不帰の客となられるやもしれぬ木島様への礼節として、ありのままの真実を申し述べたいと存じます。御賢察のとおり、あの一件は心中などではございませんでした。私が仁吉を殺めたのです」

「やはり、さようであったか……」

「夕顔が琴の稽古に出ている間、私は夕顔の部屋に仁吉を訪ねました。仁吉の居続けは夕顔にとって大きな負担となっているので、何としてもやめさせなければと考えたのです。懐には厨房から盗んだ包丁を忍ばせていました」

「最初から殺す予定だったのか」

「いえ、脅しの道具に使おうと思っていただけで、そんなつもりは毛頭ございませんでした。

仁吉は出し抜けに闖入してきた私を見て怪訝な顔をすると、気怠そうに片肘を突いて半身を起こしました。

『もう帰ってもらえませんか』

私は仁吉に膝を折って頼みました。

『いきなり何だ、てめえは。楼主の息子がとち狂ったのか』

しかし仁吉は酒臭い息を吐きながら、鼻で笑うだけでした。私の要望など歯牙にもかけません。

『餓鬼が余計な口出しをするんじゃねえ』

こんな調子で身揚りを続けていては借金が増えるばかりで、夕顔の年季がどんどん延びてしまいます。夕顔には一日も早く相模屋を出て、真っ当な生活を送ってほしいと私は願っていました。楼主の子でありながら、夕顔をこの苦界から救い出すのが自分の使命であると思いつめていたのです」

「あの時分御主はまだ六つか七つであったはず。なぜさような考えを抱いたのだ」

怪訝そうな面持ちで木島が口を挟んだ。

「そう考えるようになった契機は、前年の八朔での出来事にありました。常のとおり私は路上で悪童たちにとり囲まれ、殴る蹴るの乱暴を受けていました。その日そうなった原因はもう覚えてはいませんが、おそらく取るに足らない些細なことだったと思います。子供と言っても、いえ子供の世界だからこそかえって残酷なもので、力の弱い者はいついかなる時も徹底して虐げられる掟となっているのです。

『やめなさい！』

地面に這いつくばった私の頭の上で、決然とした声が上がりました。

見上げると、花魁道中に出る途中なのでしょうか、禿たちを従えた夕顔がすぐそばに立っていました。その日は八朔だったので、夕顔は白無垢を着ていました。源氏名のとおり総身が夕顔の花のように白く輝き、まるで後光が差しているかのような神々しさです。威風辺りを払う貫禄に満ち溢れており、その一言だけで悪童たちは蜘蛛の子を散らすように逃げていきました」

新兵衛はまるで彼方の山河を見晴らすような目をしながら、

「夕顔は懐紙を取り出すと、

『大丈夫ですか』

と優しい声を掛けながら、私の額に流れる血を拭い取ってくれました。その時頬に触れた夕顔の掌の温かさを今でも覚えています。

けれどもその直後、腹を立てた悪童に蹴られて夕顔は足を骨折し、半年間もの出養生を余儀なくされました。私を助けたせいで、とんだ側杖を食ったわけです。

申し訳ない気持ちで一杯になった私は、いつか必ず恩返しをせねばと固く心に誓いました。

今がその時だ。仁吉と対峙した時、私はそう決意していたのです。夕顔を苦境から救い出すためなら、どんな面倒や労苦も厭うまいと覚悟を決めていました。

『今すぐ帰ってください』

『夕顔が俺にずっといてくれって言ってるんだぜ』

仁吉は憎々しい面付きで嘯(うそぶ)きました。

『嘘だ！』

そう叫びながら、私は仁吉に詰め寄りました。夕顔の方から仁吉に居続けを依頼することなどあるはずがありません。実のところ夕顔は仁吉に取り立てて好意は抱いていないと、私は禿のはるのから聞いていました。きっと仁吉に何か弱みを握られてしまい、脅されて仕方なく居続けをさせてやっているのだろうと私は見込んでいたのです。

『嘘じゃねえ。是非にって夕顔に頼まれてるから、仕方なくいてやってるんだぜ』

『どうしても帰らないなら、揚代を自分で払ってください』

『なんでてめえにそんな指示されなきゃならねえんだ。夕顔が自分で払いたいって言ってるんだから構わねえだろう。餓鬼は黙ってろ』

仁吉は私の申し出をにべもなく撥ねつけました。こうなれば止むを得ません。

私は包丁を取り出しました。

「それでいきなり仁吉を刺したのか」

「いえ、それとは別に切っ掛けがあったのです。

『こりゃ驚いたな』

言葉とは裏腹に、仁吉は小馬鹿にするように薄笑いを浮かべています。

『餓鬼の遊び道具じゃねえんだ、怪我するぜ』

『餓鬼餓鬼って言うな。これでおまえみたいな下衆の悪足を追い出して、夕顔を守ってやるんだ』

『こいつは御挨拶だ』

仁吉はお道化たように目を丸くしました。

『なりは小さくてもやっぱり遊女屋の餓鬼だな。お前年は幾つだ、ずいぶんとませてやがる』

なおも仁吉はにやつきながら、

『だが生憎だな、夕顔は俺にぞっこんなんだ。何にも知らない餓鬼は引っ込んでろ』

『お前が夕顔の何を知ってるっていうんだ』

『頭のてっぺんから爪先まで全部さ。どうすりゃ夕顔が喜ぶのか、どこを弄ればいいか、夕顔がどんな声を上げるのか、体の隅々まで知り尽くしてるぜ』

途端に視界のすべてが真っ暗になりました。遊里で生まれ育った私は、その年齢でも男女の営みがどのようなものであるのかはそれ相応の知識がありました。しかしそれでも、仁吉の言葉によって夕顔がひどく汚されたように感じました。夕顔の着ている白無垢が墨でも掛けられたように黒く染まってしまった場面が、幾度も脳裏に浮かんでは消えました。

――我に返った時、私が握りしめた包丁はべったりと血に濡れていました。目の前には仁吉の骸が転がっています。私はただ呆然としてその場に立ち尽くしていました」

「ちょうどそこへ夕顔が帰ってきたわけか」

「ええ、仰るとおりです。

『そこにいなさい！』

夕顔ははるのたちにそう命じてから襖を閉めると、私の方に向き直って、

『一体これは……？』

驚きのあまり言葉を失った夕顔に、私は手柄でも立てたかのように、

『やっつけてやったよ。こいつにずっと居続けされて困ってたんだよね』

と、得意になって告げました。

『これでもう身揚りなんてしなくて済むよ』

夕顔は眉を曇らせると、首を振りながら大息しました。喜びと感謝の言葉を期待していた私は、夕顔の反応にひどく当惑しました。

『困っちゃいませんでしたよ』

客を相手にしているわけではないからでしょう、夕顔は廓言葉を使わずに答えました。

『でも、本当は仁吉のことなんか好きじゃないんでしょう？』

『ええ、惚れちゃいませんでした』

『じゃあ、やっぱり仁吉に脅されて仕方なく居続けさせてたんだね』

『いえ、私の方から頼んで居続けしてもらってたんです』」

「では、仁吉の言い条は真だったのか」

木島は首を捻った。

「はい、夕顔は確かにそう言いました。その言葉の意味が私には一向に理解できませんでした。

『なんで？　身揚りなんか続けてたら、ここから出るのが遅くなっちゃうよ』

『遅くなっていいんです。年季が早く明けたらかえって困っちまうんです』

『年季が早く明けたら困る？』

ますます訳が分かりません。

『初音さん、いえ今は木島様のご妻女のお品様ですか、年季が明けた後にあんな風にめでたくお武家様の内儀さんに収まれるなんて例は滅多にあるもんじゃありません。いったん吉原に足を踏み入れたら、もう一生吉原で生きていくより道は残されていないんですよ』

『年季が明けたら、堂々と外に出ていけるんでしょ』

『大門を出た遊女に待ってるのは、茨の道だけなんですよ。夫婦になってくれそうな情夫がいても、炊事洗濯なんかとんとできやしないから、真っ当な女房は務まらない。金のために売り飛ばして二十年近くも会ったことのない娘に今さら戻られたところで、親も気まずいばかり。だから実家も頼れない。一時しのぎに仕方なく岡場所の売女や宿場の飯盛女になることも珍しくないが、それじゃ元の木阿弥(あみ)で吉原で遊女をやってるのと変わらない』

『……』

言葉を失った私に、夕顔は嚙んで含めるように語り続けます。

『そんなで暫くしたら吉原に舞い戻ってきちまう者も多いけれど、遊女としては薹(とう)が立ち過ぎて河岸見世に落ちるしかない。元の見世でまた働けるのは、番頭新造や遣手婆になった場合だけ。

遊女を二六時中見張ってあれこれと指図したり、難癖をつけては手ひどく折檻したり、自分がされてあれほどいやだったことを今度はする側に回らなけりゃならない。私はそんな真似は断じて御免なんです。以前お品様も同じことを仰っていましたよ』

『それでわざと年季が延びるように仁吉に居続けさせていたってこと？』

『そう、どこにも行く当てがないのならいっそのこと遊女のままでいて、住み慣れた場所で手慣れた仕事を続けている方がまだましですからね。十年以上も籠の中にいた鳥がどこへでも好きな所に飛んで行っていいと言われたところで、今さら飛び立つことなんかできやしません。鳥籠だけが生きていける唯一の家なんですよ』

夕顔は自嘲するように語り続けます。

『私も様は無いですね。夢の途中だの泡沫の夢だのと御託を並べておきながら、その時が来てしまうのを恐れて、半ちくに安閑とした状況を少しでも長く引き延ばそうとしていたんですから。そんな一寸逃れをしたところで、いずれただ朽ち果てて行くだけなのに』

様は無い云々以降の件の意味は判然としなかったものの、夕顔の述懐は私を愕然とさせました。夕顔は一刻も早く吉原から逃げ出したいと願っている。そう信じていたからこそ取った行動が、夕顔がまるで望みもしない結果を招いてしまったのです。

夕顔は喉の奥から絞り出すような悲痛な声色で、

『逆上せ上がって心中話を言い出すような初心は荷厄介。堅気の商売人や所帯持ちに何日も居続けを頼むわけにはいかない。そんな風に選り分けたら、職がなくて何日でも泊っていってくれる人は仁吉さんくらいしか思いつかなかったんです』

『身請けしてくれそうな人がいるって聞いたけど』

『二人ばかりいましたけどね。どちらも同業の大店の箱入り娘と見合いした途端、影も形も見せなくなりました。とっとと華燭の典を挙げたそうです。端から当て込んでなんかいませんでしたが、まあそんなものですよ』

唇を歪めて薄い笑みを浮かべた夕顔は、仁吉の骸を悲しげに見つめました。

『まさかこんな結果を招くとは思いも寄りませんでした。仁吉さんには滅法申し訳ないことをしてしまいました』

私は顔を上げることができずに俯いているしかありませんでしたが、その時夕顔が妙なことを言い出しました。

『十年前の直吉さんの沙汰を思い出します。あの時、私は直吉さんを許さなかった。いえ、許せなかった。どんな理由があろうとも罪は罪として償わなければならないと考えたからですが、今にして思えば単なる嫉妬だったのかもしれません。私以外の女性――空蟬花魁のために身命を賭した直吉さんの真心が許せなかったのです』

一体直吉とは誰なのだろうと、私はいたく当惑しました。そして、続いて夕顔が発した言葉に私は心ともなく啞然となりました。

『その理屈からすれば、今回私は坊ちゃんの赤誠に是が非でも応えなければなりません。坊ちゃんの私への無垢の想(おも)い、しかと承りました。大層有難く存じます。その御礼をいたしましょう。

後は私に任せて、ここからお逃げください。私がみな片を付けて差し上げます』

『えっ、逃げるって？』

驚愕した私は思わず大きな声を上げていました。

『それに片を付けるって、一体――』

『しっ、お静かに。

他に行き場所がないから、他に生きる術を知らないから。そんな詰まらない理由で廓の外に出ることを躊躇っていたくらいです。ただ尻尾を巻いて後ろ向きに歩いているだけの人生をいくら生き永らえたところで、大した意味はありません』

夕顔は私の瞳をひたと見据えました。

『惜しんでも甲斐のない命です。今回の一件は元はと言えば私の優柔が原因ですから、償いは私がいたします。直ちに仁吉さんに詫びを入れなければなりません。坊ちゃんは今すぐここからお逃げになって、私の分まで懸命に生きてくださいませ』

私は夕顔の真意を測りかね、首を傾げました。しかし次の瞬間、夕顔の目論見にはたと思い当たって、

『そうか、こいつを刺したのは自分だって言って自訴するつもりだね？　そんな

こと駄目だよ』

夕顔に身代わりになってもらい、私は罪を免れる。そんな非道が許されるはずがありません。私は夕顔の提案を拒否しました。

『いえ、面番所に自首するつもりなど毛頭ございません。心配はご無用です』

夕顔はきっぱりとした口調で、

『万事私にお任せください。坊ちゃんはただ「自分の部屋にいたから何も知らない」とだけ仰っていただければ結構です』

『でも……』

だが自分がお縄になるのでないならば、夕顔はどうやって『みな片を付け』るつもりなのだろう。また、先ほどの『甲斐のない命』云々という言葉はどういう意味なのだろうと頭を悩ませた私は、なおもぐずぐずと躊躇していました。

するとその時、にわかに夕顔が天井を見上げると染み染みとした声色で、

『ここの天井の木目の模様は、曲がり具合が故郷の村を流れる川の形そっくりなんですよ。毎晩男たちの荒い息遣いを耳元で聞きながら瞬きもせず天井を見つめ、ただ時が過ぎるのをじっと待ち続けていました。故郷は自分から捨てたようなものですが、愛憎相半ばと言うのでしょうか、この模様が思い出させてくれる故郷

の光景にどれほど心を癒され救われたことか……でも、もうこれで見納めです』

そこで夕顔は不意に転寝(うたたね)から醒めたように真顔になって、

『こんな無駄話をしている場合じゃありませんでしたね。いつはるのたちが入ってくるか分かりません。一刻も早くお逃げください』

と、鋭い声で私を叱咤しました。

『さあ、急いで！』

やむなく私は夕顔の命に従うことにしましたが、逃げると言ってもそれが大変な難題であると気づきました。隣室にははるのたちがいますし、廊下の側に出れば若い者たちに見咎められてしまいます」

「そうだ、一体どうやって逃げ出したと言うのだ。そのことが大きな障害となって心中と結論づけざるを得なかったのだぞ」

「困惑した私はその場に立ち尽くしていました。すると、夕顔は裏庭に面した方の窓を指差して、

『あちらから逃げてください』

『でも連子が……』

『坊ちゃんならぎりぎり通れるでしょう』

窓にはまった連子の間隔は六寸ほどあります。私は育ちが遅かったために、同年齢の子と比べれば甚だ体が小さかった。だから、体を横向きにすれば何とか擦り抜けることができるはずだと夕顔は言うのです。

確かにそのとおりでした。それでもかなり無理をして連子の間を通り抜けたので、額や鼻に擦り傷を作ってしまいました。傷は悪童たちに虐められて付いたものと木島様はお考えになったようですが、そうではなかったのです。

屋根の上に出てから振り返ると、夕顔が連子に顔を近づけてきました。

『この世には如何にしても止むを得なかった仕儀というものが確かに存在します。それゆえ、たまさか人を害してしまう事故も起こり得るでしょう。そのことは私は身を以て存じておりますから、坊ちゃんを責めることはいたしません。けれども、人一人が命を失ってしまったというのもまた厳然たる事実です。

そこで一つお願いがございます。その罪滅ぼしとして、どうぞ立派な御亭様になってくださいませ。遊女たちに寄り添い、その身の上を常に案じ続けるような情の厚い楼主に。遊女たちが背負わされた重荷をわずかでも軽くし、憂き目を見なければならぬ日を一日でも少なくしてくださる楼主に。お頼み申し上げますよ』

言い終えた夕顔は穏やかな微笑を見せ、早く行けというように私に向かって手を振りました。それが私の見た夕顔の最後の姿でした。

階下には雨樋（あまどい）を伝って降りたのですが、あと地面まで八、九尺（約二・五メートル）という所で手が滑り、下に落ちてしまいました。足を挫いたのはその時で、このことについても木島様は勘違いなさったようですね。足を挫いていて動けなかったから犯行が不可能だったのではなく、犯行を終えた後、逃げる時に足を挫いてしまったのです。

『ずっとこの部屋で寝ておりました』

木島様を欺くのは心苦しかったのですが、夕顔との約束です。木島様がお越しになられた時、私はやむなくそうお答えました。

続いて私が何食わぬ顔で、

『一体何があったのですか』

と木島様にお尋ねしたのを覚えておられますか。そのお答えを聞いて私は唖然としました。

『先ほど夕顔が自分の部屋で心中したのだ』

夕顔が面番所に自訴することなく『みな片を付け』る手立てとは、これだったのか。夕顔の真意が何であったのか、私はその時になってようやく悟ったのでした。私が問いつめても夕顔が口を閉ざしていたのは、そう伝えてしまえば私が唯々諾々と部屋から逃げ出すはずがないとわかっていたからでしょう」

「さようであったのか……」

木島は深く嘆息した。

「己の命を犠牲にして仁吉の死を心中の結果と見せかけることによって、新兵衛、御主という一人の少年の人生を救ったわけだな」

「仰るとおりです。ですが、一月近くが過ぎてようやく呆然自失の状態から立ち直った私は、夕顔はそのためだけに心中を装ったわけではないと思い始めました」

「何か他の理由があったと言うのか」

「夕顔の胸中には、仲ノ町の桜の鮮麗な姿が浮かんでいたのではないでしょうか」

「桜、だと……?」

「御承知のとおり、仲ノ町の桜は三月末になるとまだ花が咲いていても根こそぎ抜き去られてしまいます。葉桜となった侘しい姿を晒すことなく、全盛の満開の光景だけを遊客の目に焼き付けさせるためです」

「自分も仲ノ町の桜のようでありたいと、夕顔は願ったわけか」

「はい。吉原での暮らしは辛く苦しいものの、同時にそこで巧みに遊泳する術を夕顔は体得していました。夕顔は遊女として生きることに馴れてしまい、現状の維持に汲々とする自身を嫌悪していたのです。お定まりの日常の中で無為に朽ち果て、散ってしまう未来を恐れていたのです。

であるならばいっその事、自分が御職の花魁でいられる今のうちに――絢爛と咲き誇りながらある日突として忽然と姿を消してしまう仲ノ町の桜のように――自らに始末をつけてしまおうと考えたのではないでしょうか。そうすれば、人々の脳裏には全盛の夕顔の姿形が生き続けることになります」

「そう言えば、自分の存在など瞬く間に忘れられて誰の記憶にも残らないだろうと夕顔は漏らしていたことがあったな」

「夕顔は日頃すべてを達観し、何事にも恬淡としているような行状でしたが、夕顔とて人の子。たとえそのように韜晦していても、自分がこの世に確かに生きていたという証をどこかに残しておきたいという思いが胸中に潜んでいたのではないでしょうか。

いったん夕顔の面影が皆の脳裏に刻まれれば、毎年夏になって夕顔の花を見る度に誰もが夕顔という花魁の名を思い起こすことになるはずです。玉菊灯籠を見た者は皆、名妓玉菊を思い浮かべるように。夕顔は自ら命を絶つことによって、逆に別の形で永遠の命を得ようと企図したのではないでしょうか」

「……」

理解の範疇(はんちゅう)を超えているのか、木島は無言で首を横に振るだけだった。

「一方、夕顔の献身によって私は命脈を保ちましたが、その後の人生の道のりは決して平坦(へいたん)なものではありませんでした」

新兵衛は淡々と語り続ける。

「自分は人殺しなのだ、その尻拭いを夕顔にさせてのうのうと生き永らえているのだ。そんな疚(やま)しさ、後ろめたさが私の心底から消えることは今日まで一日たりともありませんでした。しかし、夕顔の死を無駄にしないためには、その思いを抱えたまま生き抜くより仕方ありません。

せめてもの償いは、夕顔の最期の願いを叶えてやることです。楼主を継いだ私は遊女たちのことを筆頭に考えた差配を心掛けました。身売りの時に親に渡す金子を倍にしたり、揚代のうち見世の取り分を減らして遊女たちの実入りを増やしたり、といった具合です」

「そうだ、相模屋の遊女への処遇は他の見世に比べて格段に手厚いと評判であったな。なるほど、それゆえだったのか……」

「しかし生き馬の目を抜く吉原では、このような考えは亡八としてはいささか甘過ぎたようです」

新兵衛はわずかに口元を緩めて、

「遊女たちにはたいそう感謝されましたが、そんなやり方では借財が嵩むばかりです。次第に立ち行かなくなり、様々な算段や工夫を凝らしたものの力及ばず、とうとう相模屋を売り渡さねばならぬこととなりました。付けの清算やら家具調度の始末やらで、このところ毎日天手古舞でございます。

祖父が辛苦の末に興し、父が育て上げた見世を手放す羽目になり、慙愧の念に堪えません。しかしこのような仕儀に至ったのも、人様の命を奪っておきながら口を拭っておめおめと生き延びてきた天罰でございましょう」

そこで新兵衛は言葉を切ると、縁側の方を見やった。

「夏とは言えいささか冷えて参りました。障子を閉じた方がよろしいのでは」

「いや、今少しばかり夕顔を見ていたい」

「ああ、何とも美しい花を咲かせております な。夕顔の気高く艶やかな笑顔を思い出します。もしや木島様は、そのためにあの花を植えられたのではございませんか」

木島はかすかに微笑しただけで、何も答えなかった。そしてその代わりに、

「一杯やりたいな。御主もどうだ」

新兵衛にそう誘いの言葉を掛けた。

「とんでもない、お体に障ります。飲酒は医師に止められているのではございませんか」

「もうよいのだ。あの心中の真相が解き明かされたとなれば、今生に心残りは一切なくなった。あの夕顔の花を肴にして、御主と酒を酌み交わしたいのだ」

寸刻新兵衛は迷うような色を見せたが、すぐに頷いて、

「承知いたしました」

と、静かな声で肯った。

「心中した者の遺体は打ち捨てねばならぬ定めですから、夕顔を懇ろに葬ってやることはできませんでした。あの花を夕顔の生まれ変わりと思いましょう。明朝萎んでしまうまで、夕顔の菩提を弔いながら夜通しお付き合いいたします」

「よし、そうと決まれば——おーい、品、酒だ、酒を持ってきてくれ」

数輪の夕顔の花が風に軽やかに揺れている。その様を二人は満ち足りた表情で、いつまでも無言で見つめ続けた。

付記

空一面を灰色の分厚い雲が覆っていた。峩々たる山並みが果てしなく連なり、はるか彼方で靄の中に消えている。正面に深い谷が切れ込んでいて、その底を七曲りした川がくねくねと流れていた。川沿いの猫の額ほどの平地に、小さな陋屋が身を寄せ合うように櫛比しているのが見える。

「腹は空いてねえか」

男が隣に座る娘に問い掛けた。

「二刻（約四時間）近くも歩きどおしだったからな、何か食べといた方がいい。まだ時間はたっぷりある。団子でも田楽でも、何でも好きな物を頼んでいいぞ。そうだ、この峠の茶屋はとろろ汁が名物なんだ。わざわざ山向こうの里から取り寄せた名産の山芋だからな、香りがそんじょそこらの物とはまるで違うんだ。おまけに喉ごしがいいから、つるつるっと何杯でも食えちまう。俺も前にここに来た時つい食い過ぎちまって、腹が重くてその後歩くのにひどく難儀――」

「いらない」

前方を凝視したまま娘は短く答えた。男は舌打ちすると、店の奥に向かって声を張り上げた。

「親仁！　熱燗を二、三本つけてくれ」

何の応えも返ってこない。

「ちっ、相当耳が遠くなってやがるな。親仁、酒だ、酒を持ってこい！」

「へーい」

ようやく間延びした声で返事があった。

「まだ朝四つよ」

「こうも冷えるんじゃあ、真昼間から飲みたくなっても仕方ねえだろ」

未だ九月だが、峠を吹き抜ける北風は頗る冷たい。

「今年は冬が早いかもしれないな。もう大黒山に雪が降ったそうだ。あの山が白くなったらもう冬が近いってことだ。やれやれ、雪下ろしだの雪掻きだの、また難儀な季節が来やがったな。確かお前が四つだったから六年前かな、あの時はまだ八月だってのにもう大黒山が雪を冠ったんだ。そしたら案の定、ほらお前も覚えてるだろう、軒下まで一丈（約三メートル）も雪が積もっちまって、隣の家に行くのにも一苦労どころか命懸けみてえな塩梅で――」

「覚えてない」

「……やけに風が強えな。縁台なんかに座ってねえで、中に入ろう。体を冷やすのは万病の元だ。紙漉き（かみすき）の次郎吉（じろきち）は、俺はお前らとは鍛え方が違うんだなんて言って冬でも諸肌（もろはだ）を脱いで粋がっていやがったが、去年ちょっと風邪を引いて寝込んだと思ったら、三日後にはもう御陀仏（おだぶつ）になっちまったんだぞ。大切な体だ、大事にしなきゃな」

「大切、ね」

娘は目の端で男を見やってから立ち上がると、崖の先まで歩いていった。木々に邪魔されないので広く視界が開け、谷全体を眺め渡すことができる。娘は暫くの間谷底を覗き込んでから戻ってくると、再び縁台に腰かけた。男は問うた。

「さっきから何をそんなに熱心に見てるんだ」

「村を」

「あんなしけた村の景色を眺めて、どこが面白いんだ」

男は鼻で笑った。

「俺も早くおさらばしたいもんだ。まったくお前が羨ましいくらいだよ」

「羨ましい？」

「ああ、もうこりごりだ。前世でよほど悪いことでもしたのかね、何の因果かあんな奈落みてえな所に生まれついちまって、いいことなんて何一つなかった。住んでる連中も、口喧しいだけで碌でもねえ奴らばかりだ。俺がちっとばかり昼間から酒を飲んでただけで、やれ『飲んだくれ』だのやれ『穀潰し』だのと、好き勝手に文句ばかり言ってくる。人にはそれぞれ事情ってもんがあるんだよ。我ながら四十年近くもよく我慢してきたもんだと感心するよ」

「お待ちどお様」

腰のひどく曲がった白髪の老人が徳利の載った盆を震える手で縁台に置き、しどろ足で奥に戻っていった。

「ああ、うめえ。こいつぁ堪らねえな」

立て続けに何杯も男は酒を喉に流し込んだ。

「酒を飲むのは何しろ十日ぶり、いや二十日ぶりくらいか。このところ小遣い銭にも苦労する有様だったからな。お前のおかげだ、有難うよ」

男は盃を娘に差し出した。

「お前もどうだ。いずれ毎晩飲まなきゃならなくなるんだから、今のうちから慣れといた方がいいんじゃねえのか」

「今年は豊作みたいね」

前方を指差しながら娘が言った。川沿いに黄金色に輝く細々とした帯が見える。

「去年はひどい不作で、みんな大変だったけど」

「けっ」

男は道に唾を吐いた。

「豊作ったって、村中合わせて何反(たん)の田んぼがあると思ってるんだ。しかも取れた米の半分は年貢で御上に取られちまう。村で舎利(しゃり)にありつけるのは、年に一回正月の時くらいだ。ほんとにお前が羨ましいよ、これからは粟(あわ)や稗(ひえ)じゃなくて舎利が毎日食べ放題なんだろ？」

娘は唇を一文字にきつく結んでいる。

「着物だって、贅沢(ぜいたく)な打掛だの豪華な友禅だのを毎日着られるらしいな。髪には鼈甲(べっこう)の櫛や銀の笄(こうがい)を挿してよ。村の年頃の娘たちがみんな妬んで、次はあたいの番だなんて言ってるらしいぜ。冗談じゃねえ、女なら誰でもいいってわけにはいかねえんだ。てめえらみたいなへちゃむくれが寝ぼけたことをぬかすんじゃねえよって、怒鳴りつけてやりたいところだぜ」

男は娘の着物に目をやった。

「それにしてもみすぼらしいなりだな。晴れの門出なのに、もうちょっとましなのはなかったのか」

無言のまま、娘は横目で男を一瞥した。

「あるわけないだろ、って言いたいのか？　そりゃそうだ、持ってるはずはねえ。甲斐性なしの俺が言う台詞じゃなかったな。こりゃ一本取られた」

男は歯を剝き出して笑ってみせたが、娘は口を閉ざしたままだった。

「だがまあ、その、これからは楽しいことが目白押しだ。そりゃいけ好かない客の相手もちっとはしなけりゃならねえだろうが、それさえ我慢すりゃあ、こんな何の楽しみもねえ掃き溜みたいな村に比べたら極楽にいるみたいなもんだろうさ」

「あたしはお寺のいちょうの木に登ったり、川で泳いだりするのが楽しみだった」

「お前は人形やお手玉より、走ったり跳んだりしてる方が得意だったからな」

「人形やお手玉なんて、そもそも家で見たためしがなかった」

「俺がけちってたわけじゃねえぞ。お前が男勝りのお転婆で、そんな物は欲しがらなかったんだ。いつだったか隣のお美代が苛められた仇討だって言って、亀吉たちを村中追い回して棒切れでこてんぱんにのしちまったことがあったじゃねえか。そんな調子だからわざと買わなかったんだ」

「あっ、いちょうのてっぺんに誰か登ってる」

娘が目を見張った。

「杉造と貫太みたいね。こんな風の強い日に大丈夫かしら」

「あんな悪餓鬼どもは、地面に落っこって頭でも打ちゃあいいんだ」

男が毒づいた。

「そうすりゃ少しは性根がたたき直るだろう。昨日なんかお前が行っちまうってんで、『鬼』だの『人でなし』だのと喚きながら、こんな大きな石を俺に投げつけてきやがった」

「根はいい子たちなのよ。村の人たちはみんな温かくて優しい人ばかり」

「ふん、冗談も大概にしろ。揃いも揃って下衆だらけじゃねえか。まあいい、これでもう連中の顔なんぞ金輪際見なくて済むんだからな」

「御城下に出るつもりなの」

「ああ、いい儲け話を知ってるんだ。この前賭場で――いや、たまたま知り合いになった米三って奴が、一口乗らねえかって誘ってくれてな」

「お金は借金を返すために使うんでしょう?」

「もちろんだ。だが、それだけじゃ芸がねえ。増やすことを考えなきゃな。なあに全部じゃねえ、そっちに回すのはほんの五両だけだ」

「家のみんなを楽にしてくれるんじゃなかったの」

「当然してやるさ。だからこそ、目先ばかり見てちゃいけねえんだ。五両を十両、十両を二十両にすることを考えなきゃならねえ。それができないから、貧乏人はいつまでたっても貧乏人なんだ」

唾を飛ばしながら男は熱弁をふるった。

「あんなこの世の果てみてえな村で、ただ毎年毎年粟や稗をちまちまと作り続けていたって埒が明かねえ。峠を越えて山の向こうの新しい世界に踏み出し、一世一代の勝負をしなきゃならねえんだ」

「峠を越えて新しい世界に……」

「そう、そのとおりだ。それにしても冷えるな。厠へ行ってくる」

男の姿が見えなくなった後、娘は路傍の花の一群れを見つめた。鶏冠に似た形の紫色の花だった。

しばらくして男が戻ってきて、娘の足元に置かれた花に目を留めた。

「何だ、そりゃ――河内附子(かわちぶし)か、この辺りじゃ珍しくもないだろ。今一体何刻だ。そろそろ権助(ごんすけ)の姿が見えてもよさそうなもんだが」

「まだ朝四つ半を過ぎたばかりよ」

「えらく寒いな。権助が迎えに来るまで中に入ってた方がいい。大切な体なんだから、風邪でもひいたら大変だ」

「そうね、大切な売り物だものね」

「随分と斜に構えた言い草だな」

男は眉を顰めると、徳利に手を伸ばした。

「おや、何だか味が……ま、いいか」

首を捻りながらも、男は残っていた酒を瞬く間に皆飲みほした。

「お前もあったかい蕎麦か何か食っといた方がいい。江戸まで道は長いからな。金ならたんまりあるから、いくらでも食っていいぞ」

「女衒から貰った前金がたんまりね」

「いや、その何だ、きよには心底感謝してるんだ。礼を言うぜ」

「その名で呼ばれるのも今日限りだわ」

「きっと見世の方で洒落(しゃれ)た源氏名をつけてくれるだろうさ。きよは新しいきよになるんだ」

「あたしは吉原で生まれ変わるってわけね」

「そのとおりだ。源氏名ってのは『源氏物語』から付けるものなんだろ？　桐壺とか若紫とか。もちろん読んだこともねえけどな。そうだ、夕顔なんてどうだ。お前はあの花が好きだって言ってたろう」

「そうね、悪くはないわね」

「お前ならきっと御職の花魁になれるぞ。飛切りの小町娘で、あっちの締まり具合も申し分ないからな――おっと、そんな怖い顔するなよ。自信を持って女衒に売り込むには、その前に味見しておかなきゃならねえだろ」

「……」

それきり会話は途絶え、深い沈黙が二人の間に落ちた。やがておきよが呟いた。

「そろそろかしら」

「ああ、もうそろそろだろう」

男は腰を上げると、峠の向こうの街道に目を凝らした。

「ああ、来た来た、権助だ。おーい、ここだ、ここ……あれ、変だな」

男は首を傾げた。

「舌がうまく回らねえ……何だかしびれて――」

男は喘ぎながら地面にへたり込んだ。

「そろそろ効いてきたみたい。手足もしびれているようね、おとっつあん」

おきよは屈みこむと、紫色の花を拾い上げて父の顔の前に突き出した。

「きよ、てめえ、一体……まさか河内附子――鳥兜を……」

「人様からの借金を返さないわけにはいかないから、あたしが吉原に身売りされるのは仕様がない。だけど、借金を返した残りのお金はおっかさんや妹のおせんのものよ。おとっつあんのお酒や博打（ばくち）に無駄遣いされるのは真っ平御免」

「この野郎、実の親に何て真似を――」

「一応おとっつあんと呼んであげるけど、あんたみたいな虫けらを親と思ったことなんて一度もない。家族にさんざっぱら辛い思いをさせて、挙句の果てに実の娘に手を付ける畜生なんてね」

「糞（くそ）ったれが、地獄に落ちやがれ……」

「ええ、たとえどんな外道だろうと仮にも人を殺めた以上、地獄に落ちても当然のことって覚悟してる。でもそれまでは、暫く吉原で夢を見させてもらうわ」

「馬鹿め、夢は夢でもただの悪夢だぞ……舎利は食えても、毎晩毎晩違う男の相手をさせられて――」

「それも仕方ないわ。苦労や憂き目ばかりで、楽しいことなんて何一つないのかもしれない。ただ嘆いたり、胸を痛めたりするだけの毎日かもしれない。でももしかしたら、楽しいことや良いことだってほんの少しはあるかもしれない。ちょっとくらいそんな夢を見たって、罰は当たらないでしょう？　わずかの間だけでも生まれ変わって、新しい景色を見てみたいの」

「お、親仁……助け、て……」

「無駄よ。いくら大声で叫んだところであの耳じゃ何も聞こえないわ。もう声を出すこともできないでしょうけど」

おきよは何の抵抗もできなくなっている父の足首を摑み、崖の方に引きずっていった。

「さようなら」

父を冷然と見下ろしながら、おきよは静かに告げた。

「でもあんたも地獄行きは間違いないから、また会えるわね。遠い約束だけど誓っておくわ、いつか地獄で再会しましょう」

一言も発することなく父の姿が谷底に消えていくのを、おきよは眉一つ動かさずに見送った。峠の方を振り返ると、権助の姿が指呼の間にまで迫っている。満面に笑みを湛えながら権助に大きく手を振ったおきよは、力強い足取りで夢の世界への一歩を踏み出した。

吉原面番所手控（よしわらめんばんしょてびかえ）

朝日文庫

2024年10月30日　第1刷発行

著　　者　戸田義長（とだよしなが）

発 行 者　宇都宮健太朗
発 行 所　朝日新聞出版
〒104-8011　東京都中央区築地5-3-2
電話　03-5541-8832（編集）
03-5540-7793（販売）
印刷製本　大日本印刷株式会社

Published in Japan by Asahi Shimbun Publications Inc.
定価はカバーに表示してあります

ISBN978-4-02-265171-6